苏东坡

诗联巧吟妙对故事

刘永清 编著

金盾出版社

内容提要

本书分上编、下编和附录三个部分，上编按时间顺序选编了苏东坡在各个时期创作诗词中的50则有趣故事，下编按巧对、机智、戏谑、题赠、什锦5个方面选编了苏东坡77则趣联妙对故事，附录收录了《东坡先生墓志铭》《苏东坡年谱》。本书所选诗词豪放、对联巧妙、故事生动，读后给人以清新自然、幽默风趣、热情奔放、旷达不羁的感觉。

图书在版编目（CIP）数据

苏东坡诗联巧吟妙对故事 / 刘永清编著. —北京：金盾出版社，2015.10

ISBN 978-7-5186-0383-1

Ⅰ. ①苏… Ⅱ. ①刘… Ⅲ.①宋词—选集②宋诗—选集③苏轼（1036～1101）—诗词研究 Ⅳ.①I222 ②I207.23

中国版本图书馆CIP数据核字（2015）第149164号

金盾出版社出版、总发行

北京太平路5号（地铁万寿路站往南）

邮政编码：100036 电话：68214039 83219215

传真：68276683 网址：www.jdcbs.cn

封面印刷：北京盛世双龙印刷有限公司

印刷装订：双峰印刷装订有限公司

各地新华书店经销

开本：880×1230 1/32 印张：4.875 字数：145千字

2015年10月第1版第1次印刷

印数：1～4 000册 定价：15.00元

前　言

苏轼（1037－1101），字子瞻，乳名和仲，号东坡居士。北宋眉州眉山（今四川眉山市）人。嘉祐二年（1057年），二十二岁时与弟弟苏辙同科进士及第。二十四岁中御试制科，初授陕西凤翔判官，历通判、知州、礼部郎中、中书舍人、翰林学士、翰林承旨，擢兵部尚书，端明和侍读两学士，位至极尊。此后，新党得势，贬斥元祐旧臣，自此开始贬谪生涯。先贬英州、惠州，又贬儋州。元符三年（1100年）六月，获迁廉州安置，恢复朝奉郎职务。建中靖国元年（1101年）六月十五日到达常州，七月二十日，恩准致仕，二十八日病逝，享年六十六岁。

苏轼出身书香门第。父亲苏洵（1009—1066），字明允，号老泉，散文家，以文章著称于世，官至秘书省校书郎。母亲程氏，识翰墨。弟弟苏辙（1039—1112），字子由，号颍滨遗老，散文家。嘉祐进士，官至尚书右丞、门下侍郎。与父、兄合称“三苏”，三人皆名列“唐宋八大家”。

苏轼自幼酷爱诗书，受家庭熏陶，成年即“学通经史，属文日数千言”。他的文学创作，随着他的仕途相终始。苏轼一生创作诗2700余首，词300余首，联约200副。题材广泛，内容丰富多彩，件件作品都闪烁着他对人生感悟的思想火花；处处都是他的创作素材。“出新意于法度之中，寄妙理于豪放之外。”然而，最为重要的是，他那行云流水般的、直抒胸臆的诗风，为时人开创了发表爱国愿望、表达热爱生活、歌颂美好河山激情的先河。

一、苏东坡诗词创作特点

（一）同情百姓，关心生产，热爱生活

熙宁五年（1072年）春，苏轼从杭州到新城、富阳巡查时，途中看到七十多岁的老农上山刨蕨菜和野笋充饥；又听说农民好久没有吃到盐了。于是挥笔写下了著名的《山村五绝》诗。其中之三这样写道：

老翁七十自腰镰，惭愧春山笥蕨甜。
岂是闻韶解忘味，迩来三月食无盐。

诗人想到春秋时的孔子，因为欣赏《韶》乐，“三月不知肉味”。难道这些贫苦的农民也是因为欣赏什么音乐而“忘了盐味”了吗？这显然是在嘲讽“盐法太苛”。

这类诗表现了百姓痛苦、生活艰难的现状，犀利地针砭时弊，鞭挞时政。言辞朴素，感情真挚，通俗流畅，脍炙人口。

（二）描景抒情，融理于趣，讴歌大好河山，赞赏民俗风情

苏轼在入试院监试时，登望海楼，观钱塘江，心情似江涛难平。于是，欣然命笔，作《望海楼晚景》三首。其中，第三首这样写道：

青山断处塔层层，隔岸人家呼欲应。
江上秋风晚来急，为传钟鼓到西兴。

“西兴”，指西兴镇，宋置，清废。今为浙赣铁路线上重要的商业市镇。地当钱塘江渡口，隔岸与杭州相对。所以，杭州的钟鼓声，也能因急促的秋风传到西兴。

诗人凭栏望海楼，隔岸眺西兴，秋风阵阵，钟鼓声声，怎能不令人遐思？这里的山，这里的河，这里的风土民情，都使诗人陶醉，思之悠悠，联想颇多。

（三）托物喻人，指事设譬，师法前贤，超越古人

熙宁六年（1073年）正月二十一日，苏轼病愈后，与知州陈襄水边踏春，移厨饮湖上，作《饮湖上，初晴后雨》：

水光潋滟晴方好，山色空蒙雨亦奇。

欲把西湖比西子，淡妆浓抹总相宜。

西湖之美，天下人皆颂之。有其美妙的外貌，有其独特的神韵。无论晴天，还是阴雨，不管淡妆，还是浓抹，“都无改其美，而只能增添其美”。诗人用“西湖”比“西子”，只是个譬喻。在这里，他用诗人的艺术手法加以润饰和点染，使人感觉自然和谐，精辟独到，回味无穷。

（四）取材广泛，立意新颖，诗思敏锐，奔放灵动

苏诗给人以豪放、豁达、大气的感觉。同时，又像是诗人笔下的自然流露，毫无矫揉造作之感。这类诗如《初到黄州》：

自笑平生为口忙，老来事业转荒唐。

长江绕廓知鱼美，好竹连山觉笋香。

逐客不妨员外置，诗人例作水曹郎。

只惭无补丝毫事，尚费官家压酒囊。

这是苏轼刚到黄州后，太守大人为其接风时，在宴席上作的即兴诗。字里行间无不透露出主人安于贫贱、乐天知命、隐忍负重、苦中寻乐的旷达态度。

（五）诗文并茂，词赋兼收，题材多样，各见其长

诗人不拘泥于诗体的形式，五言、六言、七言、杂言，古体、近体，填词作赋，等等，只为表达胸臆，抒发感情，无不得心应手，运用自如。他在密州打虎时曾填写过《江城子·密州出猎》：

老夫聊发少年狂，左牵黄，右擎苍。锦帽貂裘，千骑卷平冈。为报倾城随太守，亲射虎，看孙郎。　酒酣胸胆尚开张，鬓微霜，又何妨。持节云中，何日遣冯唐？会挽雕弓如满月，西北望，射天狼。

这是熙宁八年（1075年）十月，苏轼任密州知州时，与同官会猎于城东铁钩时乘兴而作。上阕写打猎情况。用简洁的语言，形象地描

写打猎时的威武与豪迈，更欢快地叙述了打猎时的热烈场面。下阕抒情。在表白自己心高胆壮的同时，自比冯唐，抒发愿为国家建功立业的壮志豪情。

二、苏东坡楹艺创作特点

苏轼是诗人，又是楹联家，更是我国早期楹联发展史上的大胆开拓者。苏轼没有楹联作品集传世，但在众多的宋、元、明、清的笔记，诗话，文集，方志，野史中存有不少他的楹联。有春联、婚联、寿联、挽联、名胜联，更多的是与人属对联。内容丰富，形式多样，格调新奇，趣味横生。与他的诗、词、文一样，无不体现出他那幽默风趣、开朗大度的性情。分析其特点，大致有三。

（一）气势雄浑，豪放超迈

苏轼游许昌天宝宫时，应住持所邀，曾为吕祖殿题写了这样一副对联：

庙貌与天齐，云去云来风不定，无异空中楼阁；

画工从地起，花开花谢景常新，真乃仙境蓬莱。

联语用“与天齐”和“空中楼阁”，说明天宝宫之高大雄伟；用“景常新”和“仙境蓬莱”，说明画工技艺高超。文辞典雅，气势恢宏，给人以天宝宫宏伟壮丽、高深莫测之感。

一日，苏东坡在一豪士家饮酒时，有一名媚儿的丫鬟伴舞。一阵轻歌曼舞之后，媚儿向东坡索诗。东坡据其身材高大、姿容美丽、舞技娴熟的特点，赠一联曰：

舞袖翩跹，影摇千尺龙蛇动；

歌喉婉转，声撼半天风雨寒。

联语在赞美歌舞的同时，采取夸张手法，“摆脱绸缪宛转之度”，“而逸怀豪气超乎尘埃之外”。用“龙蛇动”“风雨寒”，极言其舞姿之美，使人震撼。虽褒亦贬，形象生动，活跃了歌舞酒宴之气氛。

（二）幽默诙谐，饶有情趣

苏东坡在为舅舅做七十大寿时，先在寿联上写了四个大字“真、老、乌、龟”。挂起后使人吃惊不小，很多人认为东坡这玩笑开大了。正当人们惊异之时，但见他龙飞凤舞，续出如下贺寿联：

真真君子，乌纱盖顶；

老老大人，龟鹤之龄。

人们见后，掌声骤起。刚才还满腹狐疑的老寿星，此时也乐开了花，不住地点头称道。

一日，佛印与东坡同游。佛印忽见路边沟内有泥鳅游动，脱口出联道：

十百耍鱼沟内滚，泥拌千鳅。

东坡看了看佛印那光秃秃的头顶，诙谐地说：

三双和尚灶前蹲，灰泊六壳。

“耍鱼”，为泥鳅之别称。“十百”为“一千”，“三双”为“六”。佛印出句为实指，东坡对句为虚构。联语巧妙运用数字，前后呼应，幽默传神，趣味盎然。

（三）构思精妙，流韵远逸

苏东坡被贬往黄州任团练副使时，王安石曾出一上联相送：

七里山塘，行至半塘三里半。

当他与好友陈季常同游九溪蛮洞时，忽然对出王安石的上联：

九溪蛮洞，经过中洞五溪中。

一年秋天，东坡与二位学友赴九江二门赶考。途中突发大水，耽搁多日。待船赶到时，已经迟到了。考场的值日门官，见他们几位斯文儒雅，便想借机测试一下他们的才华。于是，根据他们的述说，脱口道：

一叶小舟，载着二三位考官，走了四五六日水路，七颠八倒达九江，十分来迟。

三位学友互视片刻，东坡急中生智，用倒叙法对道：

十年寒窗，读了九八卷诗书，赶过七六五个考场，四番三往到二门，一定要进。

纵观苏东坡之诗词联文，样样精通，得心应手，随意娴熟，是古今文人多所不及的。本书选编了127篇诗联故事，为读者更多地了解苏东坡的生活轨迹、创作背景提供了方便；为世人更深刻地领会大文豪的诗联创意、颖异才思开阔了视野。诗词故事大致按年代顺序编排，对联故事分类编辑。东坡对联传世不多，至今没有看到一本专集。今以对联故事形式呈献给广大读者，权当作者对这位伟大诗人的崇敬之情。由于作者阅历不深，研究不够透彻，难免出现瑕疵，祈望专家学者指正。

刘永清

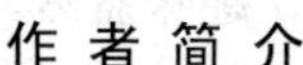

作者简介

刘永清，字江天，号梦雪。1956年生，河北省肥乡县人，大学文化。中国楹联学会会员，中华诗词学会会员，河北省楹联学会理事，肥乡县诗联学会会长。曾任中国玻璃钢工业协会理事、肥乡县统计局局长。作品被收入《中国对联作品集》《当代国学家大辞典》《中国楹联家大辞典》《中国楹联年鉴》等。

著有《婚恋对联故事》（诗联文化出版社）、《中国古代官名对联》（金盾出版社）、《析字对联赏析》（金盾出版社）、《趣数妙联汇赏》（中国楹联出版社）、《中国古代人名对联》（中国诗词楹联出版社）等。

上编　诗词故事

下　编　对联故事

机智篇 / 090

戏谑篇 / 102

题赠篇 / 114

什锦篇 / 124

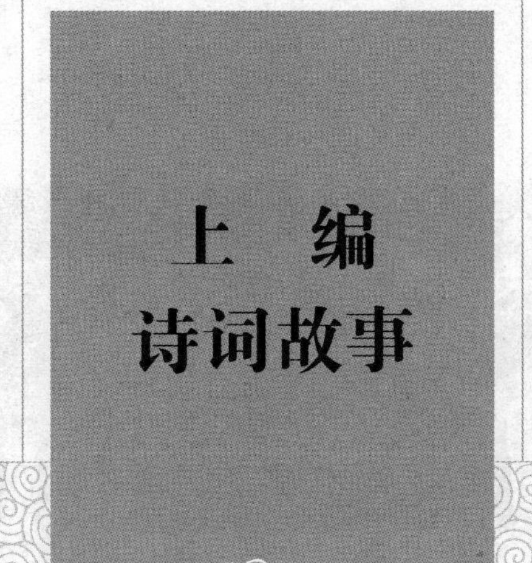

上　编
诗词故事

澄爽榭
隔波芳草帶晴煙
夾岸好花縈晚露

秦始皇并吞六国

苏东坡二十岁时，到京师参加科考。途中遇到六个自负的举人，举人们很是瞧不起他，并决定置酒戏弄之。

入席后，有人提议行酒令，且说："酒令必须引用历史人物和事件。说得好，就可以独吃一盘菜。"其余五人齐声说好。东坡只得顺其自然。

一位年长的举人说："我先来。"随之吟道：

姜子牙渭水钓鱼！

说罢，伸手将一盘鱼拉了去。

第二位接着说：

秦叔宝长安卖马！

顺手端走了马肉。

第三位急不可耐地说：

苏子卿贝湖牧羊！

起身拿走了羊肉。

第四位眼睛直勾勾地冲着一盘猪肉：

张翼德涿县卖肉。

说着伸手把盘子拉至眼前。

第五位举人迫不及待地说：

关云长荆州刮骨。

就近把一盘排骨抢了去。

眼看着桌上的硬菜被一个个端了去，第六位举人伸手端起桌上最后一盘青菜说：

诸葛亮隆中种菜。

一桌丰盛的酒菜很快被瓜分得一干二净。六个举人正欲看苏东坡有何话说时，只见苏东坡站起身说：

秦始皇并吞六国。

说完，躬身将分散在六人面前的菜，一一拉至自己面前，并端起酒杯说：“诸位兄台，请！”

六举人顿时呆若木鸡！

一琴弹尽天下曲

自秦少游与苏小妹结为夫妻后，秦少游与苏东坡这对文人，就成了吟诗唱和的一对诗客。

一日，二人又在一起小酌。忽然，东坡来兴，说：“我有一谜，请贤妹丈猜之。”

少游说：“愿请教之。”

东坡说：

我有一张琴，琴弦常在腹。
任君马上弹，弹尽天下曲。

少游听后，即明白所指为何。遂曰：“小弟亦有一谜，想求大舅哥猜之。”脱口说：

我有一间房，租与转轮王。
有时放出一线光，天下邪魔不敢当。

东坡说：“我二人所言，谜底似乎一致。不如回房中，送与小妹猜之，也好试其才思。”

二人起身来至小妹房中。各将谜诗递与小妹。小妹看后，即知其意，而故意说道：“这两个谜儿，一时难猜，但我也有一谜，不妨说与您二人猜之。”遂曰：

我有一只船，一人摇橹一人牵。

去时拉纤去，来时摇橹还。

三人相视而笑，小妹提笔写道：

三谜皆相似，文人逞化工。轻轻弹墨线，语意一般同。

赏花归去马如飞

一年清明，秦少游辞别小妹回扬州祭扫，小妹独留京师。久别故乡，亲朋故旧皆需走走看看，不觉已离京多日。少游对小妹已有思念之情，遂寄家信一封，末尾附诗一首。小妹看后，喜上眉梢。

东坡听说少游有书信来，便踱步至小妹房中，见小妹正在专注地看信，便说："妹夫要回来啦？"

小妹将信递与哥哥，东坡看到信的末尾是个连理回文句，似有不解意，就说与小妹。小妹说："这有何难，让我念与兄听。"脱口念道：

静思伊久阻归期，久阻归期忆别离。

忆别离时闻漏转，时闻漏转静思伊。

东坡听后，说："吾妹大才，愚兄不及也。妹丈才思甚佳，真乃郎才女貌。"

小妹说："少游写了一首回文诗，咱二人何不就此各作一首？"小妹请东坡先作。东坡也不推辞，瞬间写道：

赏花归去马如飞，去马如飞酒力微。

酒力微醒时已暮，醒时已暮赏花归。

小妹看哥哥很快书就，这时她的腹稿已成，遂展纸书之曰：

采莲人在绿杨津，在绿杨津一阕新。

一阕新歌声漱玉，歌声漱玉采莲人。

风雨潇潇江上村

王安石实行变法时，苏东坡多次与之争执，后因此被罢官回四川老家。恰巧，此时家乡新上任的县令，正借变法之名大兴横征暴敛之实，不少家庭被害得难以为继。东坡看在眼里，急在心上，不由得产生了写信向朝廷反映实情的念头。

一天，县衙派人请东坡，说是县令有要事商量。东坡正想会会这位令人生厌的县令。于是，随来人同往。

原来，昨夜县衙银库被盗。盗贼走时留下一张纸条，上面赫然写道："狗官，量你也破不了案，权且留下我等兄弟姓名谜语令汝猜：车中猴，一日夫；田中走，门东草。若能猜出，甘愿伏法。"县令是个只会玩弄权术、搜刮钱财的人，对于这等高雅之事，他是擀面杖吹火——一窍不通。有人建议他请东坡帮忙，他这才派人请来了东坡。

苏东坡弄明来意后，看了下纸条，当即已猜出几分。但他转念一想："库银被盗，乃是大罪。此案不破，县令必被革职，这样将为本县除去一害。此时，我若帮他，岂不害了全县百姓？"想到此，他起身施礼道："恕我才疏学浅，猜不出来。"遂拂袖而去。

结果不出东坡所料，县令终因办案不力，年底被革职查办。

转眼到了元宵节，东坡照例出门看灯猜谜语。正当他猜兴正浓时，忽然有人过来告诉他："前面申氏兄弟有个灯谜，专为难你而设。"东坡不知何故，急匆匆走近一看，只见一只高高的走马灯上写着：

终年荒芜河湖枯。（打一吃人不吐骨头的东西）

苏东坡望着灯谜，思索良久，终未猜中。第二天，苏东坡的好友佛印造访，东坡与他说起此事。佛印脱口说："苛政猛于虎。莫非

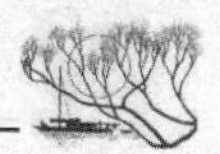

是指严刑峻法？”东坡听到“法”字，马上想到“河湖枯”。“河湖枯”不是水去吗？“水、去”不正是“法”字吗？由此，继续思索着：“终年”，即年终，年终即为“十二月”。而“十、二、月”又可合成为“青”字。“荒芜”是说“田上长草”。“田上草”即“苗”。谜底为“青苗法”。青苗法正是王安石变法的内容！

这时，佛印随意伸手沾了点水，在桌面上写了个“申”字，二人端详着，谁也没有说什么。转眼间，只见“申”字上下两端的水痕率先变干，剩下一个“田”字。东坡忽然说道：“申字不正是田中过来的吗？”随即又说：“‘车中猴’，猴属申……”原来“车（車）中猴”猜“申”字！这样，结合盗贼字条中“一日夫”为“春”，“门（門）东草”可猜“蘭（兰）”。合起来，原来这盗贼名申春、申兰兄弟！

不久，王安石变法失败，司马光为相，苏东坡被重新任用，随即赴东京汴梁上任。途中，夜雨渡江，船至江心突然停下，船家冲一丛芦苇喊了一声：“一日夫，鱼逮到了，出来吧！”只见不远处有盏渔灯忽隐忽现，快速来到近前。船上跳下一条大汉，问道：“门东草，鱼在哪里？”

听此一说，东坡忙问：“二人可是申春、申兰兄弟？”

两人大吃一惊，挑起灯笼问：“先生莫非苏大学士？”

东坡点头：“正是。”

两人相互对视一眼，遂跪倒在地：“谢先生救命之恩！”

东坡忙将二人扶起：“此话从何说起？”

申兰道：“我俩当年入库盗银，故意留下姓名谜语。狗县令让您猜时，您说猜不出。元宵节时，我们设谜难先生，您又说不知。刚才您一声呼唤，知您是大智若愚，当年您是故意放我们一马，这不是救命之恩吗？”

上岸后，兄弟二人设宴款待了苏东坡，并执意要东坡留诗一首。

东坡略加沉思，提笔写道：

风雨潇潇江上村，绿林豪客夜知闻。

相逢不用相回避，世上而今半是君。

申春一旁笑道，“先生豪爽，既然世上多半是强盗，那让我们兄弟护送您进京吧！”

东坡只得顺其自然。

次韵张公读杜诗

熙宁三年（1070年）八月五日，御史谢景温向皇上告发苏轼兄弟护送父亲灵柩返回四川时，随船捎卖私盐。第二天，朝廷便派员调查。其实，苏轼兄弟护丧回乡时，只是随船携带了一些香料，并无捎带私盐之事。加之宰相王安石正想外放苏轼，于是，上朝时，王安石火上浇油，皇上便御准，调苏轼往杭州任通判。

翌年七月，苏轼辞别京都，便带着一家老小乘船赴任杭州了。这其中，有他的奶娘——六十三岁的任彩莲，妻子王闰之，儿子苏迈、苏迨，及奶娘丈夫、管家赵贵，奶娘儿子、苏轼跟班仆人阿路等。

因为弟弟苏辙此时正随陈州（今河南淮阳）知州张方平（字安道）任教习。苏轼便想取道陈州，一来见一下弟弟苏辙，二来拜访一下德高望重的知州张方平。

苏辙一家人早就等候在蔡河岸上接他们了。他们有半年多没见面了，兄弟相见，高兴万分，儿女们也都其乐融融，兴奋异常。

陈州是蔡河岸边的一个商埠，街路整齐、繁华。苏轼看着眼前店铺林立的景致，感慨地跟苏辙说：“陈州很像大都市，比咱们眉州的蚕市热闹多了。”

苏辙说：“眉州那是远在天边的山沟，陈州是近在京都的商埠，那是无可比拟的。”他以为哥哥有思乡之情，便说：“与可兄以太常博士

知陵州（今山东陵县），写来书信，曾劝哥哥题诗作赋少涉政事，以免引来不必要的麻烦。”

苏轼好像在思索着什么，忽然惊醒过来，大声吟道：

壁上墨君不解语，见之尚可消百忧。
而况我友似君者，素节凛凛欺霜秋。
清诗健笔何足数，逍遥齐物追庄周。
夺官遣去不自觉，晓梳脱发谁能收？
江边乱山赤如赭，陵阳正在千山头。
君知远别怀抱恶，时遣墨君解我愁。

吟罢，苏轼解释道：“这是我在京城所作的《送文与可出守陵州》。与可兄在京知太常礼院时，因不随意附和那些变法者，终被‘夺官遣去’。所以，我们只能‘逍遥齐物追庄周’了。”

不觉已到州衙。苏辙没顾上回哥哥的话，即指着前面的一座高门说：“哥，那就是州衙。”

见面后，张方平即设宴为苏轼接风洗尘。但其儿女都没有一同前来，这令张知州很不高兴。

第二天，他又特意设宴招待苏轼兄弟全家。酒过三巡之后，孩子们也都出去玩了，张方平便与苏氏二兄弟读起唐诗来。老朋友相见，十分高兴，张的诗兴大发，遂当场赋诗一首，名《读杜诗》。吟罢，便请苏轼以他的诗韵和之。

苏轼也不客气，清了清嗓子，脱口道：

大雅初微缺，流风困暴豪。张为词客赋，变作楚臣骚。
展转更崩坏，纷纶阅俊髦。地偏蕃怪产，源失乱狂涛。
粉黛迷真色，鱼虾易豢牢。谁知杜陵杰，名与谪仙高。
扫地收千轨，争标看两艘。诗人例穷苦，天意遣奔逃。
尘暗人亡鹿，溟翻帝斩鳌。艰危思李牧，述作谢王褒。
失意各千里，哀鸣闻九皋。骑鲸遁沧海，捋虎得绨袍。

巨笔屠龙手，微官似马曹。迂疏无事业，醉饱死游遨。

简牍仪型在，儿童篆刻劳。今谁主文字？公合抱旌旄。

开卷遥相忆，知音两不遭。般斤思郢质，鲲化陋倏濠。

恨我无佳句，时蒙致白醪。殷勤理黄菊，未遣没蓬蒿。

苏轼喘了口气说：“这首五言排律，权当《次韵张安道读杜诗》吧。”

张方平高兴地称赞说：“诗句热情奔放，堪与杜诗媲美。”

“张公过奖了。学生喜欢杜诗的清狂野逸之态。”

就这样，苏轼在陈州的一段时间，几乎天天都去张公府衙饮酒赋诗，直到张方平八月份调任南京御史台。

船中吟诗妙言哉

苏东坡外放杭州后，很快结交了圣山寺和尚佛印。二人常常一起饮酒赋诗，诗联相戏，无所顾忌。

一天晚上，苏东坡邀好友黄庭坚同游西湖。船上备了些酒菜，有意识地没让佛印参加。游船离岸后，东坡笑着对黄庭坚说：“我们每次聚会，佛印都来凑趣。今晚，我们到湖中去喝酒吟诗，这下他如何也找不到啦！”谁知，佛印白天听说他俩的打算后，就先他们一步上船，躲在船舱下面藏了起来。此时，他俩自鸣得意的谈话，早被佛印听得一清二楚。

游船径直奔向湖中三塔。东坡斟满酒杯，轻拈胡须，笑着对黄庭坚说：“今天佛印不在，我们很清静。咱们先行个酒令，前两句要即景吟咏，后两句要用‘哉’字结尾，如何？”黄庭坚点头同意。

东坡抢先说道：

浮云拨开，明月出来，天何言哉？天何言哉？

黄庭坚望着满湖荷花，接着说道：

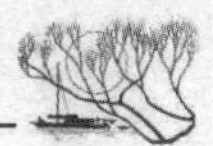

莲萍拨开，游鱼出来，得其所哉！得其所哉！

这时的佛印，听他俩饮酒赋诗，早忍耐不住了。黄庭坚话音一落，他用力把船舱板推开，探出半个身子，急着说道：

船板拨开，佛印出来，憋煞人哉！憋煞人哉！

苏黄二人看到佛印突然钻了出来，先是吓了一跳，继而哈哈大笑。随即起身，急忙搀佛印出舱坐下。东坡说：“你藏得好，对得妙！本想避你一次，到底被你吃上了。”

于是三人坐在一起，继续饮酒赋诗，赏月游湖，其乐融融。

谁家阁楼与天齐

东坡与少游关系甚好，常常相偕出游。这天，他俩又结伴登舟去镇江金山寺，拜访净慈长老。

净慈长老看到他俩到来，很是高兴。在养生斋热情接待了他们。东坡一边品着香茗，一边眺望窗外。只见茫茫江水辉映蓝天，点点帆影劈波向前，巍巍青山高耸云端……看着这眼前美景，东坡禁不住对少游说：“我们幸会到此，何不对酒当歌，以助雅兴？”

才思敏捷的秦少游并不推辞，随即手指正在准备酒菜的净慈长老，说：“好！就请大师命题。”

净慈长老抬头望了一眼窗外，然后不慌不忙地说：“要我命题？好！请秦先生先作一首‘高’诗，而苏学士应以‘大’为题。二人意下如何？”二人表示同意。

酒过三巡，秦少游放下手中的筷子，起身踱至窗前，说：“有了。”并轻声吟道：

谁家阁楼与天齐，回首群山万壑低。

塞外雁来停住翅，红轮受阻不沉西。

苏东坡拍手称妙。随之也引吭高歌道：

大江宛似砚池波，扭住青山当墨磨。

铁塔玲珑悬妙笔，青天能写字几何？

净慈长老听着他俩的对诗，脱口惊叹道："真乃诗仙下凡也！"当然，聪明的净慈长老不会放过这难得的机会，遂吩咐笔墨伺候，当即让他们留下了墨宝。后来又请石工镌刻成诗碑，长期供世人观赏，为寺院增光无限。

一个"二"字两个"一"

一天，苏东坡微服到浙江处州的一个亲戚家赴宴。贪官知府杨贵和县令王笔也在邀请之列。席间，大家赋诗助兴，且凭借所吟诗的好差，轮流坐首席。

县令王笔说："我先赋诗一首。"遂吟道：

一个朋字两个月，一样颜色霜和雪。

不知哪个月下霜，不知哪个月下雪。

另一个官员接着说道：

一个出字两重山，一样颜色煤和炭。

不知哪座山出煤，不知哪座山出炭。

这时，知府杨贵清了清嗓子，摇头晃脑地吟曰：

一个吕字两个口，一样颜色茶和酒。

不知哪张口喝茶，不知哪张口喝酒。

苏东坡听后，厌恶地看了他一眼，迅速吟道：

一个二字两个一，一样颜色龟和鳖。

不知哪一个是龟，不知哪一个是鳖。

正欲喝酒的王笔忽然回过味来："龟"谐"贵"，"鳖"谐"笔"。随之曰："好哇！你这不是在骂我和杨大人吗？"

苏东坡不慌不忙地说："要说骂，我看你们刚才所说才是骂呢！

霜雪是见不得阳光的，煤炭是要烧成灰的，茶酒进肚是要变成尿的，这不是骂吗？我吟的是祝寿诗，龟鳖是长寿的标志，你们怎么连这个也不懂？”

经他这么一说，弄得几人张口无言。当得知这就是大名鼎鼎的苏东坡大学士时，一个个不知如何是好。

草没河堤雨暗村

东坡两次到杭州，结识了不少禅师，清顺就是当时杭州有名的诗僧。熙宁五年（1072年），苏东坡在仁和县汤村镇开运河期间，即兴游览西湖，“于僧舍壁间见小诗。问谁所作？告以钱塘诗僧清顺。即日求得之。一见甚喜，而顺之名出矣。”

清顺《题西湖僧舍壁》诗这样写道：

竹暗不通日，泉声落如雨。
春风自有期，桃李乱深坞。

之后，二人常常交游互唱。东坡有《是日宿水陆寺，寄北山清顺僧二首》曰：

一

草没河堤雨暗村，寺藏修竹不知门。
拾薪煮药怜僧病，扫地焚香净客魂。
农事未休侵小雪，佛灯初上报黄昏。
年来渐识幽居味，思与高人对榻论。

二

长嫌钟鼓聒湖山，此境萧条却自然。
乞食绕村真为饱，无言对客本非禅。
披榛觅路冲泥入，洗足关门听雨眠。
遥想后身穷贾岛，夜寒应耸作诗肩。

一曲小调却风流

苏轼任杭州通判期间，他曾裁决一件与和尚有关的案子。灵隐寺有一个名叫了然的和尚，常到勾栏院寻花问柳。在那里他迷上了一个叫李秀奴的妓女。一段时间后，了然钱财花尽，衣衫不整，秀奴便将其拒之门外，不再见他。

一天傍晚，了然酒醉后，又去找秀奴，叫了几遍，秀奴不作声。他就闯了进去，将之毒打一顿后，便将其击死。勾栏院众人便将了然擒至府衙。

衙役们在审理此案时，发现了然臂上刺有二句诗为：

但愿生同极乐国，免教今世苦相思。

大家觉得这和尚可笑又可恨。将案宗呈给苏轼后，苏轼也觉可笑。遂提笔写成如下"小调儿"《踏莎行》判词曰：

这个秃奴，修行忒煞，云山顶上空持戒。只因迷恋玉楼人，鹑衣百结浑无奈。　毒手伤人，花容粉碎，空空色色今安在？臂间刺道苦相思，这回还了相思债。

判决后，和尚被押往刑场斩首。而这首词却很快在民间流传，一时成为美谈。

东坡知杭州时，有一妓女要求从良，东坡判曰：

五日京兆，判状不难。

九尾妖狐，从良任便。

一日，有妓女名秀兰者，亦求从良。东坡恐怕她去后，杭州再无绝色，因而不忍让她离去。想到这里，他提笔写道：

慕周南之化，其意诚可嘉。

空冀北之群，所请宜不允。

女子无奈，只得怏怏而去。

鸟宿池边僧敲门

据明代赵南星《笑赞》载，一天，苏东坡与佛印又在一起吟诗答对。忽然，他想借机戏谑一下佛印和尚。遂曰：“大师，不知您是否留意，古人常以僧对鸟。”如贾岛《题李凝幽居》诗中有：

鸟宿池边树，
僧敲月下门。[1]

又如魏野《冬日书事》诗中有：

闲闻啄木鸟，
疑是叩门僧。[2]

苏东坡自鸣得意。佛印知东坡将自己比做“鸟”，系在戏弄自己。反应敏捷的他，便以其人之道还治其人之身，不慌不忙地说：“不过，今日是老僧与相公对，这么说相公即鸟也。”

苏轼一听，知道自己弄巧成拙，只得暂时搪塞过去。过了一会儿，他忽然大笑作诗曰：

饥鸟傍檐鸣，饥僧向客吟。
山僧与山鸟，总是一般心。

注：［1］唐代贾岛《题李凝幽居》诗云：

闲居少邻并，草径入荒园。鸟宿池边树，僧敲月下门。
过桥分野色，移石动云根。暂去还来此，幽期不负言。

［2］宋代魏野《冬日书事》诗云：

一月天不暖，前村到岂能。闲闻啄木鸟，疑是叩门僧。
松色浓经雪，溪声涩带冰。吟余还默坐，稚子问慵应。

东坡八风吹不动

东坡习禅，常常打坐不动。一次，习禅时有所领悟，似觉心智洞明，了无杂念。一时，按捺不住激动的心情，遂起身走至案边，挥毫题诗一首：

稽手天外天，毫光照大千。
八风吹不动，端坐紫金莲。

“八风”，出自佛典，谓世间能煽动人心之事：一利、二衰、三毁、四誉、五称、六讥、七苦、八乐。也有称得、失、谤、扬、赞、嘲、忧、喜为八风者。亦称八个方向之风。

从诗中可以看出，东坡感觉自己已俨然成佛。不仅佛光照耀，而且佛性坚如磐石，八风吹不动。

东坡喜滋滋地差人过江，将此诗交与金山寺佛印禅师指点。佛印看过后，眉批“放屁”二字，交去人带回。

东坡看后，火冒三丈，以为和尚实在无理，便即刻乘船亲往，与之理论。谁知，船未及靠岸，佛印已伫立岸边等候多时。

东坡不等佛印开口，连声责问：“我写的诗，你为何说是放屁？”

佛印哈哈大笑，慢条斯理地说道：“苏大学士，什么‘八风吹不动’？原来‘一屁打过江’！”

东坡听后，方知上了当。

今眉山三苏祠有“八风亭”，不知是否源于此典。

戏题朝云息杀机

一日，苏东坡和侍女朝云带着孩子玩，幼子嬉于庭前。朝云见其衣领处有一虱，便取而杀之。东坡见状，对她说："吾方广赎禽鱼放生，以资冥福，不惜捐金，取诸远者而放之。汝却近取诸身者，而杀之，何也？"

朝云对曰："奈被欲啮人何？"

东坡随口道：

虮虱近人身，气体所感召。彼饥而啮人，如人食麦稻。

又如禽鱼辈，飞跃任所好。胡为纲与罗，恣杀供庖灶。

一切蠢动物，有生同大造。劝人息杀机，免受诸业报。

朝云听后，似有所悟，发誓永不杀生。此后便长斋奉佛，跟随东坡一生，直至卒于惠州。临终，还朗诵金刚偈。死后，东坡曾作《西江月》以吊之：

玉骨那愁瘴雾，冰肌自有仙风。海仙时过探芳丛，倒挂绿毛幺凤。

素面翻嫌粉涴，洗妆不褪唇红。高情已逐晓云空，不与梨花同梦。

小酌行令乐众客

一日，黄庭坚（字鲁直，号山谷）、佛印等同在东坡处小饮。东坡行一酒令，要两字颠倒相似，后各用一句诗叶韵行之。

东坡率先吟道：

闲似忙。蝴蝶双双过短墙。

忙似闲。白鹭饥时立小滩。

黄山谷曰：

来似去。潮翻巨浪还西去。

去似来。跃马翻身射箭回。

秦少游曰：

动似静。万顷碧涛沉宝镜。

静似动。长桥影逐酒旗送。

参寥曰：

重似轻。万斛云帆一叶升。

轻似重。纷纷柳絮铺梁栋。

欧阳永叔曰：

难似易。百尺竿头呈巧技。

易似难。携手临技泣别间。

苏子由曰：

有似无。仙子乘风游太虚。

无似有。掬水分明月在手。

佛印曰：

贫似富。高帝万钱登上坐。

富似贫。韩公乞食妓家门。

米元章曰：

悲似乐。送丧之家奏鼓乐。

乐似悲。嫁女之家日日啼。

行此小令后，大家同饮片刻。欧阳永叔又行一小令。前一句要一花草名，后一句诗又要借其意。遂曰：

水林擒。不是水林擒。

芰荷翻雨洒鸳鸯。方是水淋禽。

东坡曰：

清消梨。不是清消梨。

夜半匆匆话别时。方是清宵离。

山谷曰：

红沙烂（即杏子）。不是红沙烂。

罗裙裂破千百片。方是红纱烂。

佛印曰：

荔枝儿。不是荔枝儿。

小童上树去游嬉。方是立枝儿。

子由曰：

红娘子（药名）。不是红娘子。

胭脂二八谁家女。方是红娘子。

少游曰：

莲蓬子。不是莲蓬子。

篾帆片片迎风起。方是联蓬子。

元章曰：

马兰头。不是马兰头。

夷齐兄弟谏兴周。方是马拦头。

坐在一旁的参寥呷了口茶，曰："贫僧道不出花药名。借一人名道如何？"众人曰："请讲。"

参寥曰：

僧了元（佛印法名）。不是僧了元。

猴子分娩产儿男。方是生了猿。

众人哄堂大笑。佛印曰："贫僧亦还一令。"

遂道：

参寥子。不是参寥子。

行经用了手本纸。方是参寥子。

众人又是一阵大笑。

张眉努目挺精神

东坡与佛印一起游寺，见奉佛者将斋供一一罗列，心生疑窦，就脱口问佛印："金刚身大，而斋供不及，何也？"

佛印说："彼司门户，持势仗威，有何功德享其斋供？"

东坡遂作金刚诗：

张眉弩目挺精神，捏合从来假作真。
倚仗法门权借势，不知身自是泥人。

稍停片刻，东坡又问："观音持念珠，所念何佛？"

佛印答曰："念的是观世音。"

东坡不解："为何自念佛？"

佛印说："自古道，求人不如求己。"

东坡作诗吟道：

南海观音真奇绝，手持念珠一百八。
始知求己胜求人，自念观世音菩萨。

都尉藏春杏花梢

一日，东坡携好友佛印同访徐都尉。不巧，都尉有公干外出。二人便随意到其花园游玩。走到花园门口时，忽见洞门深锁，花木葱茏，楼阁参差，山水环绕，似入仙境。正在他们惊疑的时候，或听园内有姑娘笑声，正凭栏远眺。

东坡见状，顺手题诗于园墙之外：

我来亭馆寂寥寥，深锁朱扉不敢敲。
一点好春藏不住，楼头半露杏花梢。

佛印也不示弱，稍顷，和之曰：

门掩青春春自绕，未容林下老僧敲。

输他蜂蝶无情物，相逐偷香过柳梢。

二人游了半天，不见主人归来，便悄悄地离开了。都尉回府，看到墙上诗句，方知他二人曾经造访，并对其诗极为赞赏，于是，很快决定约二人次日再来游玩。

第二天，都尉备好酒菜，招待二人前来。谁知，二位迟迟不见进门，都尉在园外踱步良久，和二人前韵曰：

藏春日日春如许，门掩应嫌俗客敲。

准拟花前拼一醉，莫教明月上花梢。

将近晌午的时候，二人方来践约，果然饮酒唱和，欢乐异常。

黑云翻墨未遮山

苏轼抵达杭州上任通判的第二年，即熙宁五年（1072年）六月间，苏轼带着全家第一次到西湖游玩。

谁知天公不作美，刚到湖边，只见狂风怒吼，乌云翻滚，雷雨袭来。不得已，他们只得到湖边的昭庆寺避雨。

碰巧，在望湖楼里他们见到了杭州知州陈襄和僚属们。这一行人正携官妓饮酒赏雨，听说苏轼到此，便下楼去请苏轼。

苏轼他们正欲上楼，夫人王氏看见楼梯口站着一位亭亭玉立的小姑娘，打量一番后，便同其聊了起来，这倒引起了站在一旁的知州陈襄的注意。

陈襄近前道：“我看朝云小妞跟贤弟妹很有缘分，不如你就把她领回家吧。让她做个小丫鬟、小家伎、小侍妾都可以啊！”说着，向一旁的苏轼使了个眼色。

王夫人不等苏轼开口，便抢先说：“既然陈大人有这番好意，那弟妹领情了。”

面对突如其来的命运变故，朝云始料未及，便“扑通”一声跪倒在地。向夫人、苏轼还有任奶娘一一叩头致谢。就这样，朝云不经意间便走进了苏轼的家庭。

欣赏雨中西湖，确实别有一番情趣。俗话说：“晴湖不如雨湖，雨湖不如月湖，月湖不如雾湖，最美的是西湖雪景。”

陈襄要苏轼吟诗助兴。忽然，他想起文与可“西湖虽好莫题诗”的嘱咐，便警觉起来。但诗人就是诗人，他思忖：“吟咏西湖美景，还能生惹什么是非？”便没有提及此事。

第一次游湖，满腹诗句不可抑制。苏轼端起酒杯，连干三杯，兴致勃勃地吟起诗来：

黑云翻墨未遮山，白雨跳珠乱入船。
卷地风来忽吹散，望湖楼下水如天。

放生鱼鳖逐人来，无主荷花到处开。
水枕能令山俯仰，风船解与月徘徊。

苏轼稍适停顿后，又继续吟诵道：

未能小隐聊中隐，可得长闲胜暂闲。
我本无家更安往，故乡无此好湖山。

“好！”一阵欢呼声，惊得游人驻足观看。

陈襄呷了口酒道：“子瞻贤弟，既然‘故乡无此好湖山’，那么咱们致仕杭州，与西湖做伴怎么样？”

“不，不，不是致仕，而是中隐。白乐天（即白居易）说得好：‘大隐住朝市，小隐入丘樊。樊丘太冷落，朝市太嚣喧。不如作中隐，隐在留司官。似出复似处，非忙亦非闲。唯此中隐士，致身吉且安。”

就这样，他们谈论着，嬉笑着，被西湖美景陶醉着……

席间戏言巧入诗

苏东坡在杭州时，一次应邀赴何秀才家会餐，主人准备得十分丰盛。其中，最具特色的油果做得最好。东坡看到做得很酥，但不知叫何名，遂问主人："此物何名？"

主人笑而不答。

东坡又问："为甚酥？"

四座皆言："就以'为甚酥'为名吧！"

席上有潘长官在坐，他知道东坡不善饮白酒，故特意为他准备了甜酒。东坡笑曰："此必错煮水吧？"

一天，东坡忽然想起那天吃的酥油果，便特作诗向何秀才索要。他这样写道：

野饮花前百事无，腰间唯系一葫芦。

已倾潘子错煮水，更觅君家为甚酥。

后两句"已倾潘子错煮水，更觅君家为甚酥"，直截了当地提出索要"为甚酥"。

"错煮水"，系对薄酒的戏称。

雨中督役感时作

熙宁五年（1072年）九月，朝廷颁旨开凿盐运河。

对于这件事，苏轼打开始就不赞成，尤其在这暑热难耐的日子，百姓的劳役之苦更是惨不忍睹。于是，他在仁和县汤村开凿运盐河工地实在看不下去，就骑着毛驴回州衙，向知州陈襄汇报。

恰巧运盐官正在州衙和陈襄争论开河之事。他就顺便说出了他的想法："百姓牺牲耕种和秋收的利益，顶暑冒雨挖河。他们被驱赶着，那惨状真使人撕心裂肺呀！必须马上停工！”

实际上，苏轼的想法正合陈襄之意，见此情景，陈知州顺势说：“你看，苏通判刚从挖河工地回来，现在挖河确实影响百姓农事呀。我说得没错吧？”

盐官正在气头上，听他俩这么一说，干脆把圣旨展给他们看：“这是制置三司条例司起草的、皇上御批的圣旨，不是我盐官非要开河不可！如果停工，那可是抗旨，你们可要承担抗旨之罪！”

陈襄见盐官一味坚持己见，又拿出圣旨压人，便不吭声了。一旁的苏轼可不服气，仍争辩说：“我不是说不挖，而是现在不是挖河季节。如果我们向朝廷禀明实情，朝廷也会体谅百姓之苦的。”

“新圣旨没下来之前，就按原圣旨办！”盐官愤愤地说罢，扬长而去。这件事似乎没有回旋的余地了。

苏轼气得“呼”地从座椅上站起来，在大厅内来回踱着步。片刻后，他高声朗吟道：

居官不任事，萧散美长卿。胡不归去来，滞留愧渊明。

盐事星火急，谁能恤农耕。薨薨晓鼓动，万指罗沟坑。

天雨助官政，泫然淋衣缨。人如鸭与猪，投泥相溅惊。

下马荒堤上，四顾但湖泓。线路不容足，又举牛羊争。

归田虽贱辱，岂失泥中行。寄语故山友，慎毋厌藜羹。

苏轼刚吟罢，陈襄便急切地问：“这诗是何时作的？”

“是我在汤村督役开运盐河时所作，叙述了百姓在雨中挖河的惨状，这有错吗？”

“有外人知道吗？”

“知道有什么不好？”

“如果让盐官知道，传到京城，对苏大人将很不利呀！”

苏轼不管那些，双目圆睁：“不怕他传到京城，能让皇上知道更好，能解除百姓之苦，我个人担当点算得了什么？”

陈知州很担心他的诗招惹是非，甚至株连自己，于是决定让他暂不要去工地督役了，集中精力处理关押的囚犯。因为监牢里已经人满为患了。苏轼点点头，很理解知州的用意。

十年生死两茫茫

熙宁七年（1074年）九月，苏轼在杭州通判任期届满，朝廷又要他以太常博士直史馆权知密州。密州，治东武（今山东诸城市）。他实在舍不得离开这风景如画的西湖，而北上去那贫瘠穷困的山东。当时，他的弟弟苏辙正在齐州（今山东济南）任掌书记。于是，他便想趁此机会去探望一下弟弟。可惜，因故没有去成。因此，心情一直闷闷不乐。

转眼到了第二年正月十五，天气阴沉沉的，晚上大地一片漆黑，更有点点雪花，飞打在行人的脸上，稀疏的灯火，更显得冷清。这使苏轼想起了远在江南的杭州。那里此时可是明月如霜，美人如画，笙管悠扬，罗帐芬芳。苏轼想着想着，低声哼唱道：

> 灯火钱塘三五夜，明月如霜，照见人如画。帐底吹笙香吐麝，更无一点尘随马。　寂寞山城人老也，击鼓吹箫，却入农桑社。火冷灯稀霜露下，昏昏雪意云垂野。

哼唱着，思索着，不一样，真的不一样。天不一样，地不一样，人也不一样。杭州为繁华热闹的都市，密州为寂寞萧条的州城。乘坐的不再是安稳的舟船，而是颠簸的马车；居住的不再是金碧辉煌的楼阁，而是尘土飞扬的庭院；而现在的妻子王闰之也不如前妻王弗。她本来就脾气不好，来到密州后，更是看什么都不顺眼，不是吵，就是骂，加之生活困窘，没有大米，没有白面，整天都吃玉米面，苏轼真是烦透了。

这几天，病中的苏轼，夜里总是梦见前妻。而惊醒后，看到熟睡在身边的王闰之，心生无限感慨：“她怎么一点也不像以前那位温柔体贴的堂姐呢？”

越想越睡不着觉。他索性披衣下床，踱步到书房，张灯秉笔，想记下刚才梦中的情景。然而，不知怎的，却填了一首《江城子》词：

> 十年生死两茫茫，不思量，自难忘。千里孤坟，无处话凄凉。纵使相逢应不识，尘满面，鬓如霜。　　夜来幽梦忽还乡，小轩窗，正梳妆。相顾无言，惟有泪千行。料得年年肠断处，明月夜，短松冈。

“松冈”，是埋葬前妻王弗的地方。苏轼未曾搁笔，已是泪流满面。最后，在词牌下写了词题：“乙卯正月二十日夜记梦。”

老夫聊发少年狂

苏轼在密州（今山东诸城）知州上任后，经过近一年时间的精心治理，密州生产得到恢复，社会秩序逐渐安定，老百姓的生活状况有所好转，苏轼也渐渐适应了这里的艰苦生活，更是喜欢上了这里朴实的民风。老百姓也给予这位父母官的政绩以极大肯定。

熙宁八年（1075年）十月的一天，苏轼再次率僚属前往常山祭神。回城路上，带领护送的士兵，在山下围猎，这展现了这个时期苏轼的良好心情和健壮的体魄，同时体现了苏轼爱民、亲民、与民同乐的愉悦心境。

突然，山坡上有人摇动一面皂旗，好像在呼喊着什么。这时有人速报苏轼：“大人，前面有老虎，请让大家后退吧！”

“老虎？”

“是老虎！皂旗晃动，是指有老虎；黄旗晃动，是指有金钱豹；红旗晃动，是指有豺狼；白旗晃动，是指有兔子等。”

“看来老虎就在附近，我们得赶紧去救他。”苏轼忙招呼大家，

跟他一起去打虎。不少猎户，纷纷放出猎狗呼喊着冲了上去。

很快，老虎被打死，百姓得救。苏轼吩咐役吏把携带的酒分给大家，一起饮酒庆贺。

猎户和众人一起跳起密州特有的舞蹈，还有人唱起小曲。那场面真叫壮观，极为粗犷豪迈。

三杯酒下肚，苏轼抑制不住激动心情，于是提笔填了一首《江城子》词：

老夫聊发少年狂，左牵黄，右擎苍。锦帽貂裘，千骑卷平冈。为报倾城随太守，亲射虎，看孙郎。 酒酣胸胆尚开张，鬓微霜，又何妨。持节云中，何日遣冯唐？会挽雕弓如满月，西北望，射天狼。

这是苏轼第一首豪放词。他曾在《与鲜于子骏书》中透露出自己填写这首词的自豪，其中写道：

近却颇作小词，虽无柳七郎风味，亦自成一家。呵呵！数日前猎于郊外，所获颇多。得一阙，令东州壮士抵掌顿足而歌之，吹笛击鼓以为节，颇壮观也。

明月良宵照无眠

熙宁九年（1076年）中秋，苏轼到密州已近两年。这天晚上，他坐在刚刚修整的焕然一新的“超然台”上，默念着弟弟子由作的《超然台赋》：“天下之士，奔走于是非之场，浮沉于荣辱之海，嚣然尽力而忘返，亦莫自知也，而达者哀之，非以其超然不累于物耶。”

忽然，朝云递给他一杯酒，说道：“大人，喝杯酒吧？”

苏轼接过酒，笑了笑，一饮而尽。

“再来一杯吧。”

“好吧，家酿的糯米酒，还真有味道。”

朝云边递酒边说：“大人，李白说：‘青天有月来几时，我今停杯一问之。人攀明月不可得，月行却与人相随。’……”

苏轼接着吟道：“‘今人不见古时月，今月曾经照古人。古人今人若流水，共看明月皆如此。唯愿当歌对酒时，明光常照金樽里。’……”

朝云听着苏轼高声吟咏李白这首《把酒问月》诗，便亲昵地请求道：“大人，您何不也来吟一首中秋诗，或填一首中秋词呢？”

听朝云这么说，使正沉浸在李白诗句里的苏轼忽然醒悟。于是，他呷了一口酒，吟道：

明月几时有，把酒问青天。不知天上宫阙，今夕是何年。我欲乘风归去，又恐琼楼玉宇，高处不胜寒。起舞弄清影，何似在人间。

这时，他想起弟弟子由，那皎洁的月光，正转过朱红的楼阁，洒在雕花的门窗上，照在同样思念他的弟弟子由身上，也照在自己身上。遂接着吟道：

转朱阁，低绮户，照无眠。不应有恨，何事长向别时圆？

吟到这里，他长叹了一声。

朝云听在心里，看在眼里。知他在为不能与弟弟子由见面而伤感。于是，上前宽慰道：“天有阴晴，月有圆缺，自然规律，谁也无法改变，而人生悲欢离合，都是暂时的。大人不应有怨恨，您说，是吗？”

“对，明年密州任期届满，我们有机会去齐州（今济南市）与弟弟团聚的。”想到这里，他的心情渐趋平静，又接着吟道：

人有悲欢离合，月有阴晴圆缺，此事古难全。但愿人长久，千里共婵娟。

这首千古绝唱的《水调歌头》，一直流传至今，并经常被人们吟咏、传唱。

弟韵兄和乐中秋

熙宁九年（1076年）十二月，苏轼在密州任期尚未满，便接到诏命，改知河中府（治今山西永济市蒲州镇）。赴任途中，又接诏命，以尚书祠部员外郎直史馆，改权知徐州。

第二年五月，苏辙陪同哥哥到达徐州。

转眼中秋节到了，兄弟俩能为在一起过节感到十分高兴。谁知，这时，苏辙接到诏命，命他到南都做留守签判。过节后，就将赴任。弟弟因此心情沉重，酒席间借《水调歌头》词牌，记录了他此时此刻的复杂心情：

离别一何久，七度过中秋。去年东武今夕，明月不胜愁。岂意彭城山下，同泛清河古汴，船上载凉州。鼓吹助清赏，鸿雁起汀州。 坐中客，翠羽帔，紫绮裘。素娥无赖，西去曾不为人留。今夜清樽对客，明夜孤帆水驿，依旧照离忧。但恐同王粲，相对永登楼。

苏轼听得出弟弟填的词很伤感，便劝慰道："人有悲欢离合，月有阴晴圆缺。亲人离散聚合是常有的事，虽说我们七年不曾晤面，今年我们不是相聚了半年有余了吗？"

他端起杯与弟弟同饮了两杯，接着说："东晋谢安石（名安，字安石）早年隐居东海，四十余始出仕。王羲之说他志在桑榆，心在东海，总想着隐居，在告别亲友时，同样怀有万般离愁。他也曾想功成名就之时，退隐东海，但终未如愿，空有遗恨！我们后人要以此为鉴！"

苏辙很赞同哥哥的说法，心情好了许多。

随即，苏轼又将自己打算在阳羡置办田产之事说与弟弟。弟弟非常钦佩哥哥的设想，并为此二人举杯同饮三杯。

这时，苏轼也来了诗兴，高声道：“子由，你的《水调歌头》有些悲伤，让我来和你一首。”他这样写道：

安石在东海，从事鬓惊秋。中年亲友难别，丝竹缓离愁。一旦功成名遂，准拟东还海道，扶病入西州。雅志困轩冕，遗恨寄沧州。　岁云暮，须早计，要褐裘。故乡归去千里，佳处辄迟留。我醉歌时君和，醉倒须君扶我，惟酒可忘忧。一任刘玄德，相对卧高楼！

苏轼的词充溢着兄弟俩的深厚情意，为节日带来了欢乐。朝云轻吟低唱，更使全家为之鼓舞、兴奋。

乱山合沓围彭门

威胁徐州城四十多天的洪水，在十月初才渐渐退去，并顺着黄河故道东去入海。徐州城百姓终于舒了一口气，奔走相告，互致庆贺。神宗皇帝亲笔下诏，褒奖苏轼：“亲率官吏，驱督兵夫，救护城壁。一城生齿，并仓库庐舍，得免漂没之害。”苏轼更得到满城百姓的赞誉。

好友们齐聚逍遥堂，置酒祝贺。酒过三巡，道潜和尚微笑道：“今日喜庆之时，施主当以高吟佐酒，以抒情怀。”

苏轼心情确实愉快。听到道潜这么一说，他立刻站起身来，脱口吟了一首《河复》诗，大家举杯同饮。

倡议者道潜和尚却不以为然，没有了话语，都只顾喝酒，苏轼看出其中门道，便命官役去向和尚索诗。

道潜似乎早有腹稿，便抓起笔，潇洒书写：

寄语巫山窈窕娘，好将魂梦恼襄王。
禅心正作沾泥絮，不逐春风上下狂。

"好！不愧诗僧。"在座的人报以热烈掌声。

这时，屯田员外郎仲伯达站起来说："这诗正合子瞻心意，苏公当喝三杯！道潜长老以为如何？"

道潜注视了一下苏轼，见他已有醉意，便说："酒后吐真言。苏施主还是吟诗抒胸臆吧？"

苏轼正兴奋地同客人们交谈，听到让他再吟一首，便踱步大厅，高声吟唱起来：

乱山合沓囷彭门，官居独在悬水村。
居民萧条杂麇鹿，小市冷落无鸡豚。
黄河西来初不觉，但讶清泗奔流浑。
夜闻沙岸鸣瓮盎，晓看雪浪浮鹏鹍。
吕梁自古喉吻地，万顷一抹何由吞。
坐观入市卷闾井，吏民走尽余王尊。
计穷路断欲安适，吟诗破屋愁鸢蹲。
岁寒霜重水归壑，但见屋瓦留沙痕。
入城相对如梦寐，我亦仅免为鱼鼋。
旋呼歌舞杂诙笑，不惜饮釂空瓶盆。
念君官舍冰雪冷，新诗美酒聊相温。
人生如寄何不乐，任使绛蜡烧黄昏。
宣房未筑淮泗满，故道湮灭疮痍存。
明年劳苦应更甚，我当畚锸先黥髡。
付君万指伐顽石，千锤雷动苍山根。
高城如铁洪口快，谈笑却扫看崩奔。
农夫掉臂免狼顾，秋谷布野如云屯。
还须更置软脚酒，为君击鼓行金樽。

"好诗，好诗！"大家赞不绝口。

道潜说："这首诗生动地记述了黄河决口给徐州带来的洪涝灾

难，措辞恳切，诗意舒展，催人奋进，意趣盎然。这将是徐州人民抗洪救灾的真实写照！”

依依惜别离徐州

洪水退却之后，苏轼继续带领官吏和兵夫，积极加固大堤，以防患于未然。同时，还不忘上疏神宗，提出加强徐州军事，防止不法反抗等措施。一心扑在行政管理和为民造福上，令徐州百姓感动不已。

谁知，元丰二年（1079年）三月，任期未满，又被调任湖州（治乌程，今浙江湖州市）知州。其中内情苏轼全然不知。

苏轼在徐州为百姓做了不少好事实事，因而百姓非常感谢苏轼对徐州城的再造之恩。临行时，人们自发地走上街头热烈欢送。不少人手中举着点燃的香，口中默默地祝愿知州大人“一路平安”“福禄康泰”。

苏轼怀着复杂的心境离开了他苦心经营两年的徐州城，想着刚才百姓送别的情景，不由得吟道：

吏民莫扳援，歌管莫凄咽。吾生如寄耳，宁独为此别。
别离随处有，悲恼缘爱结。而我本无恩，此涕谁为设！
纷纷等儿戏，鞭镫遭割截。道边双石人，几见太守发。
有知当解笑，抚掌冠缨绝。

父老何自来，花枝袅长红。洗盏拜马前，请寿使君公。
前年无使君，鱼鳖化儿童。举鞭谢父老，正坐使君穷。
穷人命分恶，所向招灾凶。水来非吾过，去亦非吾功。

随从跟在车后，不知老爷在说些什么。只见天空乌云翻滚，耳边凉风飕飕，是否又要经历一场暴风雨呢？大家一脸茫然。

奇才终得悦天颜

王安石任宰相，创立青苗法。青苗钱、免役钱及非马保甲诸役，常使百姓奔走于官府，而多误于农工。看到农民怨声载道，东坡感言之曰：

赢得儿童语音好，一年强半在城中。

王安石对初就职者，也多倡导用合律来测试之。东坡用诗韵抨之曰：

读书万卷不读律，致君尧舜终无术。

王安石以兴修水利奏神宗，欲以近水之处，垦荒造田。东坡又曰：

东海若知明主意，应教斥卤变桑田。

对于当时兴修水利，禁止私盐之事，东坡道：

岂是闻韶解忘味，尔来三月食无盐。

还有很多逆耳的诗句，不断通过各种渠道传到王安石的耳朵里，他听后心里总不是滋味。加之其学生吕惠卿、舒亶、李定等又添油加醋地诬奏之。朝廷便又将东坡贬至郡外。不久，因又有人以其讪谤朝政为名复奏，朝廷便将东坡逮至京师狱中。有个狱吏，早闻东坡之名，找个机会就与之相聊了起来。

他说："'根到九泉无觅处，世间唯有蛰龙知。'是大人的诗吗？"

东坡毫不掩饰地说："是。"

狱吏问有无下韵，东坡脱口说：

天下苍生望霖雨，不知龙在此中居。

狱吏十分佩服东坡的胆识，从此视之如师。

东坡入狱后，只有长子苏迈常常送饭侍奉。他便嘱咐道：“外面没有什么事时，你每天送饭都要配以肉，若有何不好消息时，就送鱼。更大的不祥之兆时，则送鱼鲊以示。”苏迈谨遵教诲。

三个月后，苏迈因故办其他事去了，就委托一亲戚代为送饭。可他忘记将东坡之言告诉其亲戚。亲戚便尽量以丰盛饭菜送给东坡，更以鱼鲊相送。东坡不知是亲戚送的，见后很惊讶。唯恐有何不测，不能再见弟弟苏辙一面，便提笔作二律寄之曰：

其一：柏亳霜气夜凄凄，风动琅珰月向低。
要统云山心似鹿，魂飞汤火命如鸡。
额中犀角奂吾子，身后牛衣丑老妻。
他日神游定何所，还乡应在浙江西。

其二：圣主如天万物春，小臣愚暗日亡身。
百年未了须还债，十口无归更累人。
是处青山可埋骨，他时夜雨独伤神。
与君今世为兄弟，更结来生未了因。

当他吟诵此诗时，被狱吏偷偷听见，十分惊愕，不忍心隐瞒，便将此事禀告朝廷。神宗知悉后，很是同情，且有释放之意。宰相王珪便对皇上说：“苏轼不可饶恕。他诽谤朝政当可原谅，但他不该以蛰龙自居，这是对皇上的大不敬。”

皇上说：“他随便吟句诗，于朕何干？”

王安石弟弟王安礼为中书舍人，趁机劝道：“自古圣君，不以言语谪人，望陛下不要再深究了。”

皇上认为王安礼说得有道理，表示赞同。

散朝后，皇上秘密派人到狱中探视，看苏轼是否怨恨朝廷。很快，派去的探报说：“苏轼在狱中酣睡，声息如雷。”

皇上说：“朕知他是个直性子，不会计较什么的。”

后来，皇上将此事报告曹太后。太后说：“昔日仁宗皇帝读进士

策，喜动天颜，说：‘朕得二奇才，苏轼、苏辙是也，恨朕老矣，不能大用。遗留子孙，以为辅相。’遂设宴宫中，以庆得人。汝岂忘之耶。”说着，太后还落下了泪。

翌日，皇上降诏东坡为黄州团练副使。

自笑平生为口忙

元丰二年（1079年）十二月二十九日，苏轼走出御史大牢。虽然天气寒冷，但一股浓浓的鞭炮硝烟味，令他感到回家过年的欣喜。接他出狱的苏迈和阿路告诉他，明天就是除夕，后天即是大年初一。苏轼说，朝廷让他初一去贬所，这样还能在京城吃上年夜饭。

二月初一，苏轼一行在御史台差人的押送下，历时一个月，终于抵达黄州。

黄州位于长江北岸，背靠大别山，三面环水，长江绕城而过。早春的黄州，山野村庄已经轻染嫩绿鹅黄，给人以温馨的感觉。

黄州陈太守已派人前来迎接，他们迅速与御史台差人进行了交接。陈太守意欲安排为苏轼他们接风洗尘。苏轼心想，自己是罪臣，怎敢让太守大人为自己接风。然而，陈太守是诚心的。他似乎看出了东坡的心思，便说：“黄州远离京城，山高皇帝远，不必介意。”

于是，他们一起到暂住地——城东定慧院（罪人是不能安排公房的）。这期间，陈太守得知苏轼还不曾吃过黄州特产——团头鳊鱼，就立即派人去江里捕捞鲜活的团头鳊鱼。

苏轼是个美食家，吃过杭州西湖的金鱼、密州的荷包鲫鱼、徐州的红扣水鱼、四川家乡的砂锅雅鱼。面对这馨香四溢的黄州团头鳊鱼，已是馋涎欲滴。

陈太守看到苏轼酒席上很开心的样子，带有醉意的他突然说：“子瞻兄，初到黄州，作何感想？”

苏轼知道太守大人是在向自己索诗，此时他并不推辞，看着眼前真情实意的陈大人，面对这丰盛的美味佳肴，他略加思索，吟道：

自笑平生为口忙，老来事业转荒唐。

长江绕廓知鱼美，好竹连山觉笋香。

四句吟罢，端起酒杯：“来，大家再干一杯！”

“好诗！好诗！”太守赞誉着。

只听苏轼继续吟道：

逐客不妨员外置，诗人例作水曹郎。

只惭无补丝毫事，尚费官家压酒囊。

苏轼已有醉意。太守听得出苏轼对自己被贬为“水部员外郎”有些不满。此时，他不能任苏轼继续说下去。于是，他借故路上舟船劳顿，吩咐让人把苏轼送回房里休息。

卧闻百舌呼春风

初到黄州，苏轼因与郡中人都是新识，不便随意走动，常携长子苏迈等一起到江边看云涛；到野外踏青；到周围寺院游玩等，以消磨时光。

二月下旬的一天，他信步走出定慧院。走着走着，他忽然发现在不远处茂密的竹林中，有一座古寺，深红色的院墙似隐似现。这吸引了他的好奇心，就想过去探个究竟。

原来，这就是黄州有名的安国寺。在寺中，住持继连热情地接待了他，向他介绍了安国寺的历史、现状和佛学道行。继连住持文雅的言行举止、深蕴的佛教文化深深地感染了他，使他的心境发生了很大

变化，从而抑制不住自己内心的激动，便以《安国寺寻春》为题，作诗抒怀曰：

卧闻百舌呼春风，起寻花柳村村同。
城南竹寺修竹合，小房曲槛敧深红。
看花叹老忆年少，劝酒思家愁老翁。
病眼不羞云母乱，鬓丝强理茶烟中。
遥知二月王城外，玉仙洪福花如海。
薄罗匀雾盖新妆，快马争风鸣杂佩。
玉川先生真可怜，一生耽酒终无钱。
病过春风九十日，独抱添丁看花发。

自此之后，苏轼常常到安国寺内游玩和洗浴。每隔一个月，他就会到安国寺洗一次澡。每次洗澡后，他都会在安国寺内小阁中，面对修竹“焚香默坐，深自省察”。由于他的虔诚，在“一念清净，染污自落，表里翛然，无所附丽”之后，居然能将“妄心”荡尽，进而出神入化，“物我相忘，身心皆空”。

一段时间后，心情安定了下来，他开始反观自己过去的言行，并认识到自己身上的某些陋习，系长时期以来的积累所致，现在想起来有些追悔莫及。这些可在他的《安国寺浴》诗中体现出来：

老来百事懒，身垢犹念浴。衰发不到耳，尚烦月一沐。
山城足薪炭，烟雾蒙汤谷。尘垢能几何？翛然脱羁梏。
披衣坐小阁，散发临修竹。心困万缘空，身安一床足。
岂惟忘净秽，兼以洗荣辱。默归毋多谈，此理观要熟。

真的有点难为他了。有什么办法呢？没有地方施展自己的政治抱负，就连用诗文表达自己对时局的看法都不可以，真的让人难以接受！而唯有在此以佛家随缘自适的理念解脱自己吧！

岐亭路上咏梅诗

元丰四年（1081年）正月二十日，苏轼决定去岐亭看望大病初愈的好友陈季常。好友潘彦明、古耕道、郭遘三人送行至女王城东禅庄院。在那里，苏轼看到江边泛黄的嫩柳，忽然想到去年路过麻城关山咏梅时的情景。于是以《正月二十日，往岐亭，郡人潘、古、郭三人，送余于女王城东禅庄院》为题作诗曰：

十日春寒不出门，不知江柳已摇村。
稍闻决决流冰谷，尽放青青没烧痕。
数亩荒园留我住，半瓶浊酒待君温。
去年今日关山路，细雨梅花正断魂。

当日，苏轼夜宿离黄州五十里的团风镇。次日，他在岐亭道上又见梅花，戏作七律一首赠陈季常：

蕙死兰枯菊亦摧，返魂香入岭头梅。
数枝残绿风吹尽，一点芳心雀啄开。
野店初尝竹叶酒，江云欲落豆秸灰。
行当更向钗头见，病起乌云正作堆。

苏轼行前已去信告知陈季常，他将前去探望之事。季常也早已派人迎接。只因苏轼因诗案入狱后，曾发誓永不杀生。此时他想起应该告诉陈季常，到那里招待自己时千万不要宰杀鸡鸭。故特作诗一首，劝其切莫伤害生灵：

我哀篮中蛤，闭门护残汁。又哀网中鱼，开口吐微湿。
刳肠彼交病，过分我何得。相逢未寒温，相劝此最急。
不见卢怀慎，蒸壶似蒸鸭。坐客皆忍笑，髡然发其幂。
不见王武子，每食刀几赤。琉璃载蒸肫，中有人乳白。
卢公信寒陋，衰发得满帻。武子虽豪华，未死神已泣。

先生万金璧，护此一蚁缺。一年如一梦，百岁真过客。

君无废此篇，严诗编杜集。

陈季常看到苏轼的诗后，非常尊重老朋友的意愿，且决定自此也不再杀生。岐亭父老也为其感动，有很多人表示不再吃肉。

夜饮东坡醒复醉

一日，陈慥（字季常）听说苏轼在黄州东坡已购置田地，并垦荒建屋。于是，就前去看望。

苏轼看见陈慥来访，老远就放下锄头，热情地迎了上去。陈季常不住地呼他“苏签判”。这使他回忆起了很多与其父共事的镜头。然而，世事沧桑，不想也罢。寒暄几句后，苏轼便吩咐朝云打酒，二人在东坡树荫下喝了起来。很快二人喝得酩酊大醉，苏轼请人帮忙，先将陈季常抬到自己家里睡下了。苏轼独自一人留在坡上，晚间醒来时，感觉口渴难耐，看看罐中，已是空空如也，便爬起来，披上衣服，向坡下走去。当他跌跌撞撞地回到他的寓所临皋亭时，听到城里传来报更的梆声。是三声，还是四声？自己也分辨不清了。他在门前敲了半天也没有人答应，只听到屋里如雷的鼾声。

无奈，他看见江边点点渔火，听见江上滚滚涛声，只想尽快喝点儿水的他，便径直奔了过去。到江边，似乎什么也不顾，趴下身就喝，一口气喝了个够，他抬起头，感觉舒服极了！

不知在江边睡了多长时间，苏轼被在江上夜间打渔的潘家兄弟叫醒。潘鲠、潘丙兄弟是苏轼的好朋友，问他喝酒了没有，他说没喝。于是，二人又拿出自酿的醇酒与苏轼一起喝。且一边喝一边唱，都唱些他过去的得意之作。

老二潘丙能诗会词，听他吟唱后说：“苏学士，今夜有如此雅兴，我们何不填首新词，唱首新曲呢？”

东坡喝了口酒，笑道："这有何难，我填一首《临江仙》唱唱怎么样？"说着，他站起身，清了清沙哑的嗓子，面对缓缓东去的江水吟道：

夜饮东坡醒复醉，归来仿佛三更，家童鼻息已雷鸣。敲门都不应，倚杖听江声。　　长恨此身非我有，何时忘却营营！夜阑风静縠纹平。小舟从此逝，江海寄余生。

第二天，这首新词便在黄州城传唱开来。可这让太守徐大受听后着实惊了慌："'小舟从此逝，江海寄余生！'什么意思？是要乘船逃走吗？真让他逃走了，朝廷怪罪下来怎么办？"想到这里，太守不敢再往下想了，迅速召集人马，快到他家探个究竟。

谁料，他们一群不速之客，老远处就被早起的朝云看见。朝云告诉他们："我家大人正在屋里酣睡呢！"

"哦，他没跑啊？"太守悬着的一颗心方才落了地！

太守这才露出了笑容，对朝云说："请告诉学士，晚上我请他喝酒，务必要来。"

据说，后来神宗听了这首《临江仙》，也怀疑苏轼有"江海寄余生"的念头，便特意派了个太监到黄州探听虚实。

赤壁怀古唱大江

苏轼到黄州后，他的文朋诗友纷纷前去探望、拜访。去得最多的是陈季常，还有蜀中武都山道士杨士昌、同乡巢谷、诗僧道潜（字参寥）等。

这年夏天的一个夜晚，苏轼与几位客人一起携带酒肴又去赤壁矶下泛舟。陈季常是一个爱说、爱喝，喜欢兴奋的人。在船上，他站在那里看看这个，说说那个。忽然，他冲着苏轼说："子瞻兄，我们中间有大道士、大和尚、大侠客、大隐士、大文豪，你这一叶小舟吃得消吗？五大名士会把扁舟压沉的！"听着他这不吉利的话语，没人理他的茬。只是巢谷袒胸裸背，哈哈大笑，凸显着他那豪侠风度。

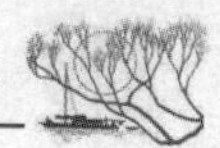

小舟在舒缓的江面上穿行，很快到达了赤壁矶岩壁下，不时听到惊涛拍岸之声。陈季常不住地提醒大家，要船只避开前方的激流旋涡。

苏轼面对大家惊奇的样子，说：诸位兄弟，我们白天攀援赤壁矶后，我想到，当年周郎年少得志，在此创造了惊天动地的业绩，我顺手填了一首词，叫《念奴娇·赤壁怀古》，我给大家唱一下。接着，他清了清嗓子，吟道：

大江东去，浪淘尽，千古风流人物。故垒西边，人道是，三国周郎赤壁。乱石穿空，惊涛拍岸，卷起千堆雪。江山如画，一时多少豪杰！　遥想公瑾当年，小乔初嫁了，雄姿英发。羽扇纶巾，谈笑间，樯橹灰飞烟灭。……

这时，小船倾斜了一下，只见巢谷猛然站起：“好！有气派！”

谁知陈季常却不以为然：“弄错了吧？子瞻兄！这里不是周瑜火烧曹操战船的赤壁。”

一旁的诗僧道潜有点按捺不住：“谁说这里不是火烧战船的赤壁？唐代大诗人杜牧曾在黄州作诗：‘折戟沉沙铁未销，自将磨洗认前朝。东风不与周郎便，铜雀春深锁二乔。’杜牧在泥沙里找到了折断的戟，那就是证据！”

陈季常还想再争辩下去，当他看到参寥和尚那双瞪得吓人的大眼睛，便不敢再说什么了。

苏轼似乎并未理会他们的争辩，仍旧沉浸在自己的思绪里。当他看到东山上的明月正在升起、江面上逐渐被朦胧的雾气笼罩起来时，他想到自己在这里虚度时光、青春飞逝、报国无门时，便举起酒碗，扬手向大江洒去，并起身继续高声吟道：

……故国神游，多情应笑我，早生华发。人生如梦，一樽还酹江月。

他们说着、笑着、吟着、饮着。不知什么时候，几个人一起睡着了。又不知什么时候，天边露出了曙光……

一蓑烟雨任平生

苏轼到黄州不久，好友杨世昌、陈季常、巢谷等想和苏轼一起去蕲水看看地，便一同前往。谁知出门不久，天边就响起雷声，接着风起云涌，下起雨来。雨打在路边的竹叶上，噼里啪啦，像万马奔腾，发出巨大的轰鸣声。

巢谷说："阿弥陀佛，各位施主，咱们不妨到竹林里躲一下，待雨停了再去？"

陈季常在江边说："我说咱们改天再去，你们偏不，这下好了，不听好人言，吃亏在眼前。"

人们谁也不搭他的茬，只顾向竹林跑去。这时，巢谷见苏轼拄着竹棍，蹒跚地行进着，毫无躲避之意。于是，他也跟着苏轼，踏着泥泞前行。

走了一会儿，雨似乎小了，但风却大了，苏轼头上的大斗笠，忽然被风吹落在地，且迅速在泥泞中滚落，引得大家哈哈大笑。

苏轼此时诗意大发，边走边吟道：

莫听穿林打叶声，何妨吟啸且徐行。

竹杖芒鞋轻胜马。谁怕？一蓑烟雨任平生。

紧跟其后的巢谷，连声称赞。并且紧追几步："子瞻老弟，快喝几口酒，暖暖身子吧！"

苏轼停下脚步，捧起酒坛，着实喝了一阵，也不知他喝下去多少，只见他摇摇晃晃地向前走去，嘴里仍在不住地吟诵着，谁也听不请他在吟诵什么。

转眼间，风消云散，雨也停了，太阳这会儿也露出脸来，光芒万丈，天空中高高地悬起一道彩虹，令人炫目。

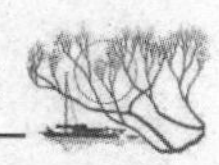

几个人凑在一起，有的骂天，有的说地。一阵雨将他们个个淋得如落汤鸡，道路的泥泞又使他们显得狼狈不堪。庆幸的是他们还有酒喝。

稍作休息后，他们继续迎着太阳东去，苏轼走在前边，兴致勃勃，这时又听他吟唱道：

料峭春风吹酒醒，微冷，山头斜照却相迎。回首向来萧瑟处，归去，也无风雨也无晴。

不爱说话的马正卿，听此《定风波》新词后，轻声说道："人生如梦，宦海沉浮，怎能'也无风雨'呢？"

大家看了看只顾向前走去的苏轼，谁也没有再说什么。

洗笔泉边感赋多

《东坡志林》卷一载，元丰五年（1082年）春，东坡曾在距黄州东南三十里沙湖边螺蛳店置田耕种。因路途远，生活艰苦，不慎得病。后来，听说麻桥人庞安常能医，遂前往求治。

安常医术高明，思维敏捷，悟性很高。但耳朵有些聋，与人交流时，需在纸上写字，往往人们不用写几个字，他便深解其意。因此，东坡戏之曰："余以手为口，君以眼为耳，皆一时异人也。"

看完病后，他们同游清泉寺。寺在蕲水（属今湖北浠水县，在黄州东）郭门外二里许，内有王羲之（字逸少）洗笔泉，水质很好。下临兰溪，溪水西流。东坡有感而发，遂作歌云：

山下兰芽短浸溪，松间沙路净无泥。萧萧暮雨子规啼。

谁道人生无再少？门前流水尚能西。休将白发唱黄鸡。

这首《浣溪沙》上阕写自然景色。前两句描写早春时节，溪边兰草初发、小径洁净无泥，一派生机盎然的景象。第三句，笔锋一转，却以萧萧暮雨中，杜鹃哀怨的啼声作结。这给景色抹上了几分伤感的色彩。下阕就眼前"溪水西流"之景生发感慨和议论。东流水亦可西回，又何必为年华老去徒然悲哀呢？看似浅显，却值得回味。全词洋溢着勇往直前的人生态度，表现出一种奋发向上的乐观精神。

佛印烧猪待子瞻

东坡有一个时期爱吃烧猪肉。他曾发明了一种炖猪肉的方法，极为简单。就是用很少的水煮开之后，用文火炖上好几个小时，然后放盐和酱油等，味道很好。不少朋友都常去品尝他烧的猪肉。

东坡在黄州时，市上猪肉很贱。东坡遗憾地作词曰：

今州好猪肉，价贱如粪土。富者不肯吃，贫者不会煮。慢着火，少着水，火候到时它自美。每日起来吃一碗，饱得自家君莫管。

佛印和尚很会烧猪肉。苏轼每次造访金山寺时，佛印都要烧猪肉给爱吃肉的苏轼解馋。有一天，佛印获悉东坡将造访他，便早早烧肉待之到来。谁知肉烧好后，却被人偷吃殆尽，东坡到后，方知无有矣。见状，苏轼信笔写下了《戏答佛印》诗一首：

远公沽酒饮陶潜，佛印烧猪待子瞻。
采得百花成蜜后，不知辛苦为谁甜。

诗中，苏轼自比陶潜，而将佛印比作陶渊明的莫逆之交慧远和尚。这则故事又见于清代褚人获所著笔记《坚瓠集》，称其时"佛印住金山寺"。金院本有《佛印烧猪》，杨景言有杂剧《佛印烧猪待子瞻》，惜均已不存，但亦可见"佛印烧猪"故事影响之大。尽管历史上是否实有其事难以确考，但东坡喜食猪肉却是事实，至今杭州等地仍有名菜"东坡肉"。

玉砚莹然出尚方

北宋书画家米芾，初名黻，后改芾，字元章，号襄阳漫士等。曾为书画博士，能诗文，精鉴别，擅书画。与苏轼、黄庭坚、蔡襄并称宋代四大书法家。

米芾天性好洁。他有御赐砚台一个，名曰瑶池。自己每次观赏时，总是先拜而后玩味，不敢轻易用之。一日，东坡造访，想欣赏他的瑶池砚。于是，米芾让东坡先拜而后出示之。东坡看后说："此砚虽好，但不知发墨如何？"遂以唾执墨磨之。米芾忽然骂道："胡子（指东坡）坏吾砚矣。"语毕，便将其送与东坡。

东坡说："御赐之物岂可随便送人？"

米芾说："污砚怎能复用？"

东坡遂持砚回诗曰：

玉砚莹然出尚方，九重亲赐米元章。
不因咳唾珠玑力，安得瑶池到玉堂。

米芾素性清狂，举止怪异，世称"米颠"。但他自己却不以为然。一日，他忽然问东坡：

人皆为我颠，吾质之子瞻。

东坡笑着说：

子曰吾从众，夫谁曰不然。

米芾个子高，爱戴高纱帽。一次，自襄阳赴京朝观。路上，雇了顶小轿乘坐。后嫌轿顶碍帽，遂拆盖而坐。忽而去帽，犹露其头。到达保康门时，遇到东坡，二人握手大笑。米芾问东坡："苏大，近日京师有何新闻？"

东坡说：

君王有道泰阶平，万国朝宗四海宁。

更喜鬼章新失智，槛车笼得上东京。

诗中“鬼章”，指蜀边小国之君，曾为狄青所擒，因而有“失智”说。“槛车”，即囚车。指鬼章被解京时，人囚车中，只露其头。此为东坡嘲米芾也。

米芾听后笑着说：“胡子笑汝父为鬼章失智也！”

横看成岭侧成峰

元丰七年（1084）四月，东坡自黄州赴筠州时，途经九江，顺便游览了庐山。初游庐山时，忽见山谷奇秀，峰峦叠翠，景色绮丽，应接不暇……景致太多啦！决意不欲作诗。

后来，忽听山中僧人、平民皆曰：“苏子瞻来啦！”不由得作一绝句曰：

芒鞵青竹杖，自挂百钱游。

可怪深山里，人人识故侯。

然后讥笑自己先前决定的荒谬：“作为诗人，怎能不触景生情，不想作诗呢？”遂又作二绝句云：

青山若无素，偃蹇不相亲。

要识庐山面，他年是故人。

又云：

自昔忆清赏，初游杳霭间。

如今不是梦，真个是庐山。

游览过程中，忽见陈令举《庐山记》，边走边读。当看到其中引用了徐凝、李白之诗时，不觉失笑。旋即走入开先寺，主僧向东坡求诗，东坡便作一绝句相赠：

帝遣银河一派垂，古来惟有谪仙辞。

飞流溅沫知多少，不与徐凝洗恶诗。

最后游西林寺时，作绝句并题于壁上：

横看成岭侧成峰，远近高低各不同。

不识庐山真面目，只缘身在此山中。

这次登庐山，他共作诗13首，多为绝句。唯有最后一首，脍炙人口，广为传诵。

银烛高烧照玉堂

据《道山清话》载：一日晚饭后，东坡在玉堂读杜牧的《阿房宫赋》，被杜赋文采感动，一直读到深夜。此时，署中有两个随从骑士（缇骑）在值班伺候他的间隙，于阶下悄悄议论东坡，被他隐约听见。他留意了一下他们说了些什么。

甲说："这么晚了还不去睡，只听他念来念去，念他有甚好处？"

乙说："我听得出，也有一两句好。"

甲说："你知道什么？"

乙说："我爱他说的天下人不敢言而敢怒。"

东坡听后，心想："这家伙还颇有点见识。"

后来，他据此作诗曰：

银烛高烧照玉堂，夜深沦茗读阿房。

文章妙处无人语，赖有缇兵说短长。

附：杜牧《阿房宫赋》：

六王毕，四海一，蜀山兀，阿房出。覆压三百余里，隔离天日。骊山北构而西折，直走咸阳。二川溶溶，流入宫墙。五步一楼，十步一阁；廊腰缦回，檐牙高啄；各抱地势，钩心斗角。盘盘焉，囷囷焉，蜂房水涡，矗不知其几千万落。长桥卧波，未云何龙？复道行空，不霁何虹？高低冥迷，不知西东。歌台暖响，春光融融；舞殿冷袖，风雨凄凄。一日之内，一宫之间，而气候不齐。

妃嫔媵嫱，王子皇孙，辞楼下殿，辇来于秦。朝歌夜弦，为秦宫人。明星荧荧，开妆镜也；绿云扰扰，梳晓鬟也；渭流涨腻，弃脂水也；烟斜雾横，焚椒兰也。雷霆乍惊，宫车过也；辘辘远听，杳不知其所之也。一肌一容，尽态极妍，缦立远视，而望幸焉；有不得见者三十六年。燕赵之收藏，韩魏之经营，齐楚之精英，几世几年，剽掠其人，倚叠如山；一旦不能有，输来其间。鼎铛玉石，金块珠砾，弃掷逦迤，秦人视之，亦不甚惜。

嗟乎！一人之心，千万人之心也。秦爱纷奢，人亦念其家。奈何取之尽锱铢，用之如泥沙？使负栋之柱，多于南亩之农夫；架梁之椽，多于机上之工女；钉头磷磷，多于在庾之粟粒；瓦缝参差，多于周身之帛缕；直栏横槛，多于九土之城郭；管弦呕哑，多于市人之言语。使天下之人，不敢言而敢怒。独夫之心，日益骄固。戍卒叫，函谷举，楚人一炬，可怜焦土！

呜呼！灭六国者六国也，非秦也；族秦者秦也，非天下也。嗟夫！使六国各爱其人，则足以拒秦；使秦复爱六国之人，则递三世可至万世而为君，谁得而族灭也？秦人不暇自哀，而后人哀之；后人哀之而不鉴之，亦使后人而复哀后人也。

中山松醪释襟怀

去往定州的路上，途经漳河时正值半夜。护送苏轼车子的士兵，举着用中山（定州属中山国故地）当地砍下的松枝制成的火炬，涉水渡河，军兵们冻得哇哇直叫。

火炬散发出诱人的松香，使苏轼联想到自己多舛的命运，会不会像松枝一样，被砍断，被烧尽……他不敢继续往下想。

在定州时，当读到《列仙传》《抱朴子》等时，他注意到有一则关于“毛女”的故事。而毛女野居山中，有仙翁教她食松子、松叶，因而夏不热，冬不寒。由此，苏轼便产生了制松酒的奇特想法。于是，他请人作《毛女图》，自己赋《题毛女图》诗一首于上：

雾鬓风鬟木叶衣，山川良是昔人非。

只应闲过商颜老，独自吹箫月下归。

酿酒，对于东坡来说，那是拿手本领。可酿松酒，确无先例。用什么做原料呢？东坡取松果、松针熬煎成汁，作为酿酒用水，其余，照常法酿制黍麦成酒。

很快，酒酿制出来了。他据原料取于“中山之松”之意，取名“中山松酒”。此酒色泽澄澈，酒味甜中带苦。因他不大喜欢甘甜的葡萄酒，故对中山松酒情有独钟，以为这应是酒中佳品了。

苏轼乘着酒兴，在《中山松醪赋》中记录了自己喝中山松酒后的感受，其中有：

望西山之咫尺，欲褰裳以游遨。跨超峰之奔鹿，接挂壁之飞猱。遂从此而入海，渺翻天之云涛。

苏轼有了好酒，定会想起朋友。从南方到北国，最近的朋友当属他的前任。前任定州太守王崇拯，现在据此很近的雄州（治归义，今河北雄县）做知州、兼朝廷引进使，掌管藩国进京礼物之事。苏轼派骑兵给他送去中山松醪，并附七律《中山松醪寄雄州守王引进》一首云：

郁郁苍髯千岁姿，肯来杯酒作儿嬉。

流芳不待龟巢叶，扫白聊烦鹤踏枝。

醉里便成欹雪舞，醒时与作啸风辞。

马军走送非无意，玉帐人闲合有诗。

希望他的朋友，饮用中山松酒后快乐长寿，并希望他能回和一首诗。不愧是诗人，时刻想着诗，想着用诗交流感受。

附《中山松醪赋》：

始余宵济于衡漳，车徒涉而夜号。燧松明而识浅，散星宿于亭皋。郁风中之香雾，若诉予以不遭。岂千岁之妙质，而死斤斧于鸿毛。效区区之寸明，曾何异于束蒿。烂文章之纠缠，惊节解而流膏。嗟构厦其已远，尚药石之可曹。收薄用于桑榆，制中山之松醪。救尔灰烬之中，免尔萤爝之劳。取通明于盘错，出肪泽于烹熬。与黍麦而皆熟，沸春声之嘈嘈。味甘余而小苦，叹幽姿之独高。知甘酸之易坏，笑凉州之蒲萄。似玉池之生肥，非内府之蒸羔。酌以瘿藤之纹樽，荐以石蟹之霜螯。曾日饮之几何，觉天刑之可逃。投拄杖而起行，罢儿童之抑搔。望西山之咫尺，欲褰裳以游遨。跨超峰之奔鹿，接挂壁之飞猱。遂从此而入海，渺翻天之云涛。使夫嵇、阮之伦，与八仙之群豪。或骑麟而翳风，争榼挈而瓢操。颠倒白纶巾，淋漓宫锦袍。追东坡而不可及，归哺歠其醨糟。漱松风于齿牙，犹足以赋《远游》而续《离骚》也。

浩然天地任我行

绍圣元年（1094年）四月，殿中侍御史来之邵弹奏苏轼在任翰林学士时“所作文字，讥斥先朝”。于是，哲宗不问青红皂白，罢苏轼定州任，以左朝奉郎贬知英州（今广东英德市）。船到当涂（治姑孰，今安徽当涂县），又接新贬谪令，免英州知州，贬建昌郡司马，在惠州（治归善，今广东惠州市）安置，不得签书公事。

九月，苏轼一行开始翻越江西大余与广东南雄交界处的大庾岭。大庾岭是连接岭南、岭北的咽喉要道。岭南为蛮貊之邦，瘴疠之地。古代朝廷把那些“罪恶”深重的吏民，贬逐这里。他们往往很难生还。

行进在峭壁之间，欣赏着历代文人墨客留下的手迹，苏轼早将路途的艰辛，人生的烦恼，抛洒得无影无踪。置身山岭，望林海，心旷神怡。诗人的情感喷礴而出，脱口吟道：

一念失垢污，身心洞清净。

浩然天地间，惟我独也正。

今日岭上行，身世永相忘。

仙人拊我顶，结发受长生。

一路上有朝云、苏过陪同，相安无事，虽苦亦乐。

过了大庾岭，听说前边就是曹溪南华寺，苏轼便执意前赴拜访。老住持热情招待，泡上香茶，欣然说道：“老衲接到参寥（道潜和尚，字参寥）大师传话，说东坡居士将经过本刹，嘱请多住几日。”

苏轼善禅语，老住持禅语也极深，对苏轼有问必答，毫不隐瞒，使之惊讶异常。

“居士光临，使古刹蓬荜生辉，谨请赐额留念。”老住持祈求道。

苏轼欣然命笔：“宝林。”搁笔吟道：

我本修行人，三世积精炼。

中间一念失，受此百年谴。

抠衣礼真相，感动泪雨霰。

借师锡端泉，洗我绮语砚。

“居士真乃高手！”老住持手捋飘髯，笑问，“施主尚记得哪个‘僧人’？”

东坡只为吟诗，谁曾知道自己出生时，由哪个“僧人”托生。老住持一问，倒想知道详情，然而老住持只顾品茗笑而不答。

几天过后，老住持依然不肯泄露“天机”。苏轼心中不免生出无限怅惘。朝云看出东坡心思，便说：“老住持可能故弄玄虚，他怎么能清楚这些呢？”

不得已，东坡带着稍许遗憾，辞别寺院，继续他的南下征程。

软饱黑甜巧成趣

宋代释惠洪《冷斋夜话》载，绍圣元年（1094年）九月，东坡在被贬往惠州的途中，路过广州时，曾作一首五律《发广州》诗：

朝市日已远，此身良自如。
三杯软饱后，一枕黑甜余。
蒲涧疏钟外，黄湾落木初。
天涯未觉远，处处各樵渔。

诗句展现了他在广州短暂停留时的真实感受，充分表达了一代文豪处变不惊的坦然心境，读后使人感动。

诗中颔联“三杯软饱后，一枕黑甜余”尤为人称道。“软饱”，浙江人说“饮酒”为“软饱”。“黑甜”，海南人谓“睡得好”为“黑甜”。在这里，苏东坡把饮酒说成“软饱”，将倒枕入睡视作“黑甜”。连用俗语入联，给人以轻松明快、生活气息浓郁的感觉。

亲酿桂酒佐长生

到达惠州不久，好友吴远游道士便去探访他。吴道士带苏轼去罗浮山拜见一位老道士——海上道人。老道士告诉他：“你从中原到岭南来，先要适应这里的水土，对付瘴气。瘴毒这一关过不了，你就无法在此生活下去。而对付瘴毒，一是练气，二要服用桂酒。”

说到这里，老道士起身拿出自己酿制桂酒的秘方，说：“这是酿制秘方，你可以照着去做。”

苏轼回家后，认为老道士说话很中肯，也很关键，需要马上动手酿制桂酒。制酒，是他的特长。在黄州他酿过蜜酒；在颍州，他酿过天门冬酒；在定州，他酿过松子酒。但这次酿酒不同以往，不仅是为

饮酒而酿，更主要的还是为了御瘴，还可以长生。因此，他将秘方刻在石上，并附诗《桂酒颂》一首：

中原百国东南倾，流膏输液归南溟。
祝融司方发其英，沐日浴月百宝生。
水娠黄金山空青，丹砂晨暾朱夜明。
百卉甘辛角芳馨，旃檀沈水乃公卿。
大夫芝兰士蕙蘅，桂君独立冬鲜荣。
无所摄畏时靡争，酿为我醪淳而清。
甘终不坏醉不醒，辅安五神伐三彭。
肌肤渥丹身毛轻，冷然风飞罔水行。
谁其传者疑方平，教我常作醉中醒。

为了让今后被贬到岭南的人都能知道这个秘方，他将这块石刻放在罗浮山的铁桥之下，并祈祷上天保佑自己，保佑百姓。

东坡还按照杜康大师的遗训，在将各种原料入瓮、封缸后，焚香默祷，祈求上天保佑酿制成功，并把此作为自己命运的先兆，能御过瘴毒，就意味着人生通达！

没过几天，酒瓮之中便飘出阵阵异香，东坡很自信自己的酿酒技术，知道这次桂酒酿制还会很成功。

开坛之日，东坡被酒香引诱得心花怒放。果然，桂酒色泽晶莹，甘醇浓郁，味道鲜美。他也暗自庆幸，以为自己的命运一定会像这新酿制的桂酒一样，出现新的转机！

桂酒甜而不烈，醉而不伤身。东坡天天饮桂酒、练气功，舒适安逸，神清气爽。瘴毒不仅没有侵袭到他，他反而肤色红润，体魄强健，使其近六十岁的人显得更加精神，富有活力。

为此，他作了几首赞美桂酒的诗。《新酿桂酒》这样写道：

捣香筛辣入瓶盆，盎盎春溪带雨浑。
收拾小山藏社瓮，招呼明月到芳樽。

酒材已遣门生致，菜把仍叨地主恩。

灶煮蔡羹斟桂醑，风流可惜在蛮村。

不似杨枝别乐天

这天，苏轼在喝桂酒时，看见朝云身体虚弱，就劝朝云也喝些桂酒，以抗瘴毒。可朝云不善饮酒，这次她也想预防瘴毒，便试着喝了点儿。谁知，这下却让陪着她喝的东坡喝多了，身不由已地躺在椅子上入睡了。

醒来后，东坡发现自己身上盖着一条毛毯，他想这肯定是朝云给自己盖上的。看见熟睡中的朝云，东坡生出许多感慨：朝云不辞劳苦，从定州追随自己，不远万里来到这蛮荒之地。自己平生最敬重白居易，虽说白居易晚年退居洛阳，悠闲自得，但他却没有享受像朝云这样的爱，这样亲情的温暖。

想到这里，他起身到书案前，提笔写下了《朝云诗并引》：

世谓乐天有《鬻骆马》《放杨柳枝》词，嘉其主老病，不忍去也。然梦得有诗云："春尽絮飞留不住，随风好去落谁家。"乐天亦云："病与乐天相伴住，春随樊子一时归。"则是樊素竟去也。予家有数妾，四五年相继辞去，独朝云者，随予南迁。因读乐天集，戏作此诗。朝云姓王氏，钱塘人。尝有子曰干儿，未期而夭。

不似杨枝别乐天，恰如通德伴伶玄。

阿奴络秀不同老，天女维摩总解禅。

经卷药炉新活计，舞衫歌扇旧姻缘。

丹成逐我三山去，不作巫阳云雨仙。

朝云醒后，得知自己在睡梦中苏轼写诗赞她，感到很欣慰。但对诗中所言不甚理解，便求东坡说与她听。

于是，东坡就把白居易晚年在洛阳的情况讲给朝云听。他说：

"白居易一生最大的不幸，就是和夫人感情不融洽。到洛阳后，他花钱买来两位艺伎，一位叫樊素，一位叫小蛮。之后，便把感情都给了樊素和小蛮。"

"后来怎么样了呢?"朝云追问道。

"后来，白居易得了中风，行走不便。就作了一首《别柳枝》诗：'两枝杨柳小楼中，袅娜多年伴醉翁。明月放归归去后，世间应不要春风。'"

"哦，是要抛弃她们?"

"不是抛弃，是还以自由。"

"我是被你救出火坑的，你可别把我当作樊素、小蛮！"朝云恳求道。

"我在诗里不是说'不似杨枝别乐天'吗？我不会弃你而去的!"

"是的，我永远是你的人!"

二江合处朱楼开

刚到惠州时，东坡一家暂且住在位于东江和西枝江合流之处的合江楼上。

说起来这合江楼还真小，楼共两层，每层仅两间房，二层为东坡和朝云的卧室兼书房，楼下为儿子苏过及仆人阿路卧室。

虽然楼小，但登楼推窗，江水滔滔，江风习习。远眺水天一色，渔帆点点；近看垂柳掩映，渔翁垂岸，别有情趣。

这天，苏轼饮了一杯桂酒，起身推开窗户，江风扑面而来，顿觉神清气爽。面对滔滔江水，广阔长天，诗人的灵感油然而生，一首《寓居合江楼》诗脱口而成：

海山葱茏气佳哉，二江合处朱楼开。

蓬莱方丈应不远，肯为苏子浮江来。

江风初凉睡正美，楼上啼鸦呼我起。

我今身世两相违，东流白日西流水。

楼中老人日清新，天上岂有痴仙人。

三山咫尺不归去，一杯付与罗浮春。

一天早饭后，道士吴远游、陆唯忠又约苏轼去见老道士——海上道人。老道士看见东坡满面红光，精神焕发，知道他一直在喝桂酒，便说："看来此地毒瘴已无法侵袭先生了。今后，你还要继续努力，培植真一元所，修炼神气内功。"

老道士顿了顿，说："我这里有真一仙酒秘方，你可自己酿酒。常喝真一仙酒，可助你体内的真一元气。"

吴远游他们三人回到苏轼家中，即按海上道人的秘方准备材料，并向广州、惠州、韶州等地的朋友联系糯米等。苏轼善于动脑动手。这时，他在分析老道人的秘方，并对吴道士说："你看真一仙酒的三种原料：一为白面，二为糯米，三是清水。白面由小麦而来，而小麦的麦穗，却麦芒朝天，挺拔向上。古人认为麦受六阳之气，生长在干燥之地，森然不惧螟蝗。这是小麦获得大地阳气的缘故。糯米来源稻谷，稻谷生长于水田，吸取大地的阴气。所以，稻穗总是弯腰垂下。人之元气，源自阴阳平衡，相互配合。而真一仙酒的原料糯米和白面，正是利用了大自然的阴阳平衡之理。应当对练气是很有帮助的。"

很快，他们带上酿好的真一仙酒去见老道士。海上道人品尝了真一仙酒，连声说："好酒！好酒！真乃三清仙酒！现在我可以向你传授辟谷绝粒之术啦！"

苏轼和吴道士等一起练辟谷绝粒之术，从不间断。一天一夜中，他们只饮一杯酒及一杯水。吴道士虽是道门高手，其举止总是怪怪的，苏轼小儿子作了一首诗嘲笑他，其他人则作诗赞赏吴道士，东坡

当然也会置身其中。东坡作了首《吴子野绝粒不睡，过作诗戏之，芝上人、陆道士皆和，予亦次其韵》诗：

卿为不死五通仙，终了无生一大缘。
独鹤有声知半夜，老蚕不食已三眠。
怜君解此人间梦，许我时逃醉后禅。
会与江山成故事，不妨诗酒乐新年。

喝真一仙酒，练辟谷绝粒功，让苏轼在惠州过得很开心。

佳人相见一千年

一段时间后，苏轼和朝云均已适应岭南一带的生活。貌若天仙的朝云常常和当地的姑娘一起下湖采莲，上山摘杨梅。东坡看在眼里，喜在心上。

这年的端午节到了，东坡特地为朝云填了首词《殢人娇·赠朝云》，希望她能愉快地唱出来。词中这样写道：

白发苍颜，正是维摩境界。空方丈，散花何碍。朱唇箸点，更髻鬟生彩。这些个，千生万生只在。　好事心肠，著人情态。闲窗下，敛云凝黛。明朝端午，待学纫兰为佩。寻一首好诗，要书裙带。

朝云看到后，自然十分高兴。谁知试着唱了一下，感觉这曲子很难唱好。便说：“为了给节日带来喜庆，就请你挑选一首好唱的词牌，再填一首吧！”

正说着，邻居给朝云送来了刚从山上摘来的兰草，邓道士也送来了五丝彩带和符咒，还有一些野菜山珍等。

原来，岭南人逢端午节，要洗兰汤浴，系五彩线、挂符咒。这些都是为了趋瘴、避邪、躲兵灾呀！

苏轼认真地将五彩丝带系在朝云那洁白如玉般的手臂上，又把符兕挂到她乌黑光亮的发髻上。朝云任其摆布，并不住地嬉笑着。

东坡为朝云披挂停当后，说："朝云，你让我再作一首词，我已想好，现在让我给你写出来吧！"

不待朝云同意，东坡即笔走龙蛇，一首《浣溪沙·端午》跃然纸上：

轻汗微微透碧纨，明朝端午浴芳兰。流香涨腻满晴川。

彩线轻缠红玉臂，小符斜挂绿云鬟。佳人相见一千年。

朝云非常感谢先生给自己的节日礼物。东坡刚写完，她就试着哼唱起来。声音是那样委婉动听，温情动人。

"佳人相见一千年"，朝云唱在嘴上，甜在心里。能为有这样一位如意郎君而自豪，而歌唱……

不谓青州六从事

据宋代陈师道《后山诗话》载，苏东坡在惠州时，广州太守章质夫每月向其赠送饮酒六壶，以示敬意。

一次送酒途中，小吏不小心摔了一跤，跌碎了酒壶，酒全洒光了。小吏遗憾地告知苏东坡。东坡安慰了几句，提笔书写一诗戏之：

主人惠我以佳酿，未至阶时喷鼻馨。

不谓青州六从事，翻成乌有一先生。

"青州从事"，语出《世说新语·术解》："桓（温）公有主薄，善别酒，有酒辄令先偿，好者谓'青州从事'，恶者谓'平原督邮'。青州有齐郡，平原有鬲县。从事，言到脐；督邮，言在鬲（膈）上住。""从事""督邮"，皆官名。"乌有先生"，虚拟人名。《史记·司马相如列传》载："乌有先生，乌有此事也。"

后来，在苏轼《章质夫送酒六壶，书至酒不达，戏作小诗问之》诗中后两句稍有变动：

白衣送酒舞渊明，急扫风轩洗破觥。

岂意青州六从事，化为乌有一先生。

空烦左手持新蟹，漫绕东篱嗅落英。

南海使君今北海，定分百榼饷春耕。

诗句通过用典，文雅地调侃了跌坏酒壶、人至酒无之事，借以打破小吏因此尴尬难耐的局面。

兄弟雷州和陶诗

绍圣四年（1097年）二月，被贬惠州四个年头的苏轼，已是62岁高龄。长子苏迈已做了韶州（今广东韶州市）县令，而且专门赶来贺他从嘉祐寺迁入白鹤新居。

谁知父子团聚没有几天，闰二月，苏轼又接新诏令：再贬到海南岛。四月去海南岛途中，又听说弟弟苏辙被贬雷州（今广东雷州市）半岛。这样，弟兄俩就隔着一条海峡了。

五月十一日，兄弟俩在藤州（今广西藤县）见面。到了雷州，苏轼就病倒了，主要是旧痔复发，无法下床，整日在病床上呻吟不止。爱妾朝云去世后，眼前唯有幼子苏过陪伴他。

苏轼虽然没有多大酒量，但天天与酒为伴，这对痔疮只有坏处，没有好处。因此弟弟苏辙劝他戒酒。可是稍微好些他就说："人生如寄！我这一生苦难太多。我虽天天与酒为伴，只求把盏，饮不尽器，以忘却烦忧。难道这点快乐你也不让我享受吗？"

苏辙说："陶渊明嗜酒如命，但他还作《止酒》诗呢！"说着，他找到《陶渊明诗集》，为哥哥读着《止酒》诗：

居止次城邑，逍遥自闲止。坐止高荫下，步止荜门里。

好味止园葵，大懽止稚子。平生不止酒，止酒情无喜。

暮止不安寝，晨止不能起。日日欲止之，营卫止不理。

徒知止不乐，未知止利己。始觉止为善，今朝真止矣。

从此一止去，将止扶桑涘。清颜止宿容，奚止千万祀。

苏轼一字一句地听着，忘却了呻吟。跳跃在他脑海里的是陶诗的一个个“韵”脚的字，并且他不断地同苏辙一起切磋讨论。

看见哥哥高兴地论诗的样子，苏辙建议哥哥作首《和陶止酒诗》。说到这里，苏轼顾不上痔疮的疼痛，立即爬起来开始作诗。诗前还记述了兄弟俩当前的境况：

丁丑岁，予谪海南，苏辙亦贬雷州。五月十一日，相遇于藤，同于至雷。六月十一日，相别，渡海。余时病痔呻吟，苏辙亦终夕不寐。因诵渊明诗，劝余止酒。乃和原韵，因此赠别，庶几真止矣。

时来与物逝，路穷非我止。与子各意行，同落百蛮里。

萧然两别驾，各携一稚子。子室有孟光，我室惟法喜。

相逢山谷间，一月同卧起。茫茫海南北，粗亦足生理。

劝我师渊明，力薄且为己。微疴坐杯酌，止酒则瘳矣！

望道虽未济，隐约见津涘。从今东坡室，不立杜康祀。

据说，苏轼从此还真的戒酒了。

石马无蹄出府州

苏东坡在儋州（治今海南新洲镇）时，听当地村民们说，石马岭一带的农作物经常被山上的野兽糟蹋。人们捕捉时，听见有马群嘶鸣声，但追至山顶也不见半只马蹄印。

东坡知道后，便决定帮助村民查个水落石出。这天，人们带着他不顾乱石绊脚，荆棘扎身，跟着一串若隐若现的马蹄印追踪上去，一直到达山顶。

山顶上果然没了马蹄印。但见块块石头，千姿百态。仔细一瞧，

却发现好像匹匹骏马，伫立四望。东坡看后，哈哈大笑。人们一时丈二和尚摸不着头脑，忙凑到东坡跟前说："怎么啦？"

东坡指着一个个石头说："这就是你们要追捕的害民之马！"说完，挥笔题诗道：

石马无蹄出府州，神仙遗下几千秋。
狂风荡荡毛不动，细雨霏霏汗直流。
芳草满堆难下口，钢鞭硬打不回头。
牧童牵也牵不动，天地为栏夜不收。

周围的百姓闻讯，纷纷前来观诗赏景。这一带的农作物再也不见什么野兽来糟蹋祸害了。

据说，现在石马岭上还有块石头叫"东坡坐石"。坐石中央，似乎还有袍痕鞋迹；坐石周围，隐约可见马蹄印迹。

沧海何曾断地脉

苏东坡居海南儋州时，姜唐佐曾到儋州拜他为师，师生关系融洽，书简往来甚多，后来姜唐佐成为苏东坡的得意门生之一。

当姜唐佐要去广州应考时，苏东坡在他的扇子上题诗两句曰：

沧海何曾断地脉，白袍端合破天荒。

题完上两句诗后，苏东坡对姜唐佐说，待你中举后再将后两句诗写完，并称赞唐佐有中州士人之风，告之此行必登科第。

后来，姜唐佐果真成为海南中举的第一人，破了天荒。那时，东坡已赦北归。不久后，就去世了。姜唐佐赴京应会试时，在汝洲（今河南省临池县）访苏东坡之弟苏辙，才获悉东坡已去世，苏辙便在姜的扇子上挥笔直书，续完东坡的诗句曰：

生长茅间有异芳，风流稷下古诸姜。
适从琼管鱼龙窟，秀出羊城翰墨场。

沧海何曾断地脉，白袍端合破天荒。

锦衣不日人争看，始信东坡眼力长。

姜唐佐痛哭流涕，追悔莫及。

另据《冷斋夜话》载，说苏东坡所书前两句为：

沧浪何曾断地脉，朱崖从此破天荒。

待考。

吟诗作偈戏长老

东坡自海南赴虔上，因河水干涸，不可泛舟，便在慈云寺逗留月余。

慈云寺长老明鉴，高大魁梧，常与东坡一起饮茶吟诗，谈古论今。然丛林不以道学与之，于是，东坡作偈戏之曰：

居士无尘堪洗沐，老师有句借宣扬。

窗间但见蝇钻纸，门外时闻佛放光。

遍界难藏真薄相，一丝不挂且逢场。

却须重说圆通偈，千眼熏笼是法王。

一日，东坡邀刘器之同访玉版和尚，因器之刚登山回来，有些疲倦，但听说去见玉版，便欣然前往。在廉泉寺，他们一起烧笋食之。刘器之感到笋味浓郁，便问道："此笋何名？"

东坡说："玉版也。老师善说法，欲得令人禅悦之味，唯有此也。"

器之大笑，知为戏言。东坡因此作偈曰：

丛林真百丈，嗣法有横枝。

不怕石头路，来参玉版师。

聊凭柏树子，与问箨龙儿。

瓦砾犹能说，此君那不知。

此后，“玉版”之称广为流传。现在习惯称“笋”为“玉兰片”。

自拨床头一瓮云

酿酒，是苏轼人生旅途中不可或缺的事情。他认为酿酒能否成功，预示着自己命运的吉凶。首次学酿酒，是在黄州，第一次失败了。但他不灰心，在道士杨世昌的指导下，酿成了蜜酒。此后，在定州酿成松酒；在惠州，酿成桂酒、真一仙酒，都成功了。

东坡认为，自己动手酿酒，总感觉和自己的命运有某种联系，而且要等待某种机缘。一旦他认为时机成熟，他才动手为之。

东坡被贬谪海南第四个年头时，他已65岁。他受葛洪《抱朴子》中“天门冬可酿酒”的启发，又受孙思邈《备急千金要方》“天门冬酿酒，服之，去三尸，轻身益气，令人不饥”等的吸引，便开始准备酿制天门冬酒。

儋州没有品质较好的天门冬，苏轼让儿子苏迈从中原给他筹备，让幼子苏过帮他制作。很快，一坛坛清香诱人、甘甜无比的天门冬酒酿好了。过滤时，他就开始品尝。滤毕，就已经开始醉意朦胧了。

东坡混混沌沌地在藤榻上进入了梦乡，做着五彩斑斓的梦。梦见凤凰在飞，五色鹊在唱；梦见自己渡过海峡，已同弟弟见面……

不知睡了多长时间，醒来后感觉浑身轻松愉快，感觉到春风和煦，把饱经沧桑的皱纹吹散，酒劲似消了，兴味却未过去。这时他再一次欣赏自酿的美酒，发现坛口酒的表层有细细的纹理，就像眉山老家纱縠行中销售的上等薄纱，美不可言。他的诗兴又被这泛滥的芬芳撩拨得忍耐不住，心中两首散发着美酒芳香的佳作也流了出来：

一

自拨床头一瓮云，幽人先已醉浓芬。

天门冬熟新年喜，曲米春香并舍闻。
菜圃渐疏花漠漠，竹扉斜掩雨纷纷。
拥裘睡觉知何处，吹面东风散缬纹。

二

载酒无人过子云，年来家酝有奇芬。
醉乡杳杳谁同梦，睡息齁齁得自闻。
口业问诗犹小小，眼花因酒尚纷纷。
点灯更试淮南语，泛溢东风有縠纹。

很快，苏轼接到了北归中原的诏令。从此，他将结束被贬岭南六个半年头的苦涩经历，也宣告他将获得人生的自由。

青山一发是中原

元符三年（1100年）正月，宋哲宗病逝，年仅27岁。端王赵佶继位，是为宋徽宗。宋徽宗登基后，罢免了章惇、蔡卞等人。四月皇长子出生，朝廷宣布大赦天下。五月，苏轼接到秦观从雷州派人送来北归的消息。六月初，苏轼正式接到内迁廉州的诏令。

苏轼特别高兴，一边准备启程，一边向儋州邻居及友人告别。他让儿子把从惠州带来的砚台拿到街市上卖掉，换回二斤肉，做了一桌酒席，把邻居符林和弟子等人都请来，感谢他们对他在这里几年的帮助和照顾。离别时，他兴奋地吟了一首《别海南黎民表》诗：

我本海南民，寄生西蜀州。
忽然跨海去，譬如事远游。
平生生死梦，三者无劣优。
知君不再见，欲去且少留。

听到苏轼这样感慨自己在海南的经历，大家更不忍让这位慈善的老人离开。

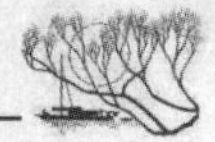

六月十三日，苏轼一行到达海南北部的澄迈县，在此稍作短暂停留时，登通潮阁作《澄迈驿通潮阁》诗两首：

其一

倦客愁闻归路遥，眼明飞阁俯长桥。
贪看白鹭横秋浦，不觉青林没晚潮。

其二

余生欲老海南村，帝遣巫阳招我魂。
杳杳天低鹘没处，青山一发是中原。

这两首诗，虽然都是书写羁旅思乡的愁怀，但前一首以景写趣，诗人“贪看”白鹭翻飞、青林晚潮，显得清雅悠闲；而第二首以景写情，翘首北望，以“杳杳天低”之远景抒发对故乡的怀念之情。

六月二十日夜，道士吴复古陪苏轼从琼州海峡登上一艘福建大船渡海北上。此时苏轼的心情，似有“参横斗转”“云散月明”的感觉。认为自己“苦雨秋风”的日子就要结束了。

道士吴复古似乎看出了他的心事，便凑过来跟他说：“苦雨秋风后，是一片皑皑白雪，不是春江花月夜。‘若觉一念起，须除灭，务令安静’……”

苏轼不顾吴道士不停地讲“道”，一旁笑曰：

参横斗转欲三更，苦雨终风也解晴。
云散月明谁点缀？天容海色本澄清。
空余鲁叟乘桴意，粗识轩辕奏乐声。
九死南荒吾不恨，兹游奇绝冠平生。

诗中回顾了他在南方流放的经历，表达了他九死不悔的倨傲之心和旷达豪放的襟怀。白发苍苍的苏轼，贬放这么多年，形势稍有好转，依然是跃跃欲试的老样子，真是江山易改，本性难移呀！

与君相从非一日

建中靖国元年（1101年）六月十五日，颠簸了月余的苏轼，途中中暑，带着病到达了常州。

苏东坡在床上躺了一个多月，病情不见好转，知道上苍留给自己的时间不多了，便把自己在海南注释的《论语》《尚书》《易经》三书，交给好友钱世雄先生，并嘱他“好生保管，三十年后，定会受人重视”。

苏轼说着，便想起身找钥匙为之取书。但觉着很累，就歇了一会儿，长吟道：

心系已灰之木，身如不系之舟。

问汝平生功业，黄州惠州儋州！

七月十五日，苏轼的病情开始恶化，高烧不退，牙龈出血不止。钱世雄、李方叔、参寥大师都来了。苏门六君之一的李方叔见了苏轼就跪地叩头：“学生从颍川赶来，不知恩师患病多日，迟来问候，请恩师恕罪。”

“方叔啊，老夫前去黄泉之日，能见你一面，说明我们师生是有缘分的呀！”苏轼颤巍巍地说道。

听苏轼这么说，李方叔的眼泪扑簌簌掉落不止，以至于放声哭泣起来。这惊动了外间客厅的几位客人，参寥以为苏轼咽了气，赶紧跑了过去，见他无事，便劝方叔离开。

苏轼拉着李方叔的手，在想着元祐三年春天的那次礼部试举。当时他是主考官，没有拔取李方叔入第，却选取章惇之子章援为第一名！眼角流着泪水，嘴里轻轻吟道：

与君相从非一日，笔势翩翩疑可识。

平生漫说古战场，过眼终迷日五色。
我惭不出君大笑，行止皆天子何责。
青袍白纻五千人，知子无怨亦无德。
……

就这样，他吟着吟着慢慢睡着了。

李方叔想着自己当年落第临别时，恩师给他的这首送别诗《余与李廌方叔相知久矣，领贡举事，而李不得第，愧甚，作诗送之》，“难道恩师还在为此事愧疚吗？如果是这样，自己这次万不该提起此事呀！”想到这里，他更加伤心……

七月二十日，朝廷允许苏轼以本官致仕的诏命送达常州。苏轼长长地舒了口气，自己终于摆脱羁管和约束，获得自由了。大家一起上前表示庆贺。东坡的面颊上绽出了久违的笑容。

牡丹亭

下编 对联故事

润身思孔学
德化仰尧天

巧对篇

“六爻”“八尺”成妙对

据载，一次雨夜，东坡与弟苏辙二人连床而卧。苏辙说，他曾听一位算卦先生说：

课演六爻，内卦三爻，外卦三爻。

他认为这是个不错的出句，但自己久思不得佳对，想请哥哥对之。

东坡思忖道：“出句语出《易经》。《易经》八卦叠为六十四卦，每卦有六爻。‘内卦’为六爻中的下三爻；‘外卦’为六爻中的上三爻。而上下三爻相重，则象征两种事物，两种事物又是内外关系。同时，首句之‘六’，又是后两句的两个‘三’之和。”想到这里，似觉确实有些难对。当晚，二人切磋了一会儿，便先后进入了梦乡。

一日，兄弟俩相携外出，忽见街头艺人出场舞棒，东坡情随景生，得句曰：

棒长八尺，随身四尺，离身四尺。

苏辙抚掌大笑。

这样一句深奥的联语，被苏大学士用很普通简单的一种街头演艺活动化解了，真不愧为语言大师。

醉汉骑驴算酒账

传说，一年冬天，苏东坡同秦少游一起去郊外赏雪寻梅。走到河边，忽遇一骑驴老汉，醉醺醺地随着驴步的起伏，机械地颠动着脑袋。

苏轼见状，脱口而出一上联：

醉汉骑驴，颠头簸脑算酒账。

秦少游心领神会，放眼河心，瞅见一船夫吃力地摇着橹逆水而来。于是，大声对道：

艄公摇橹，打躬作揖讨船钱。

二人之对，一岸畔，一河上，恰似一幅“醉汉寻船图”，为他们踏雪寻梅之行平添了不少乐趣。

小妹戏对声声慢

传说，苏东坡有个妹妹叫苏小妹，秉承父兄天赋，生得聪明伶俐，能诗善对。一次，她到京城看望哥哥，与东坡欢饮畅谈。

月光下，兄妹攀谈得十分投机。忽然，东坡想到，小妹才华过人，我何不与之答对呢？于是，他呷了一口酒，说：“小妹，我有一上联，想请你续对。你今晚若能对出，哥哥就佩服你的聪明。”随之吟道：

水仙子持碧玉簪，风前吹出声声慢。

小妹听后，暗暗叫好。心中十分佩服哥哥的聪敏和睿智。一句话，自然妥帖地嵌进了三个词牌名，欲工整相对，亦必须采用同样手法。想到这里，刚才还欢笑兴奋的她，突然间沉寂下来，即刻陷入深思。恰在此时，有个丫环前来斟酒上菜，敏捷的小妹触景生情，脱口对道：

虞美人穿红绣鞋，月下引来步步娇。

对句一出，东坡连声称妙，并即刻表示佩服小妹的聪明。

兄妹二人，采用拟人手法，用六个词牌名，赋予具体形象，生动地展现了两个不同人物，似诗如画，令人遐思。

门外窗前兄妹戏

据说，东坡与小妹二人在长相上均有明显的特点。苏东坡脸长，苏小妹额头高。二人曾有一番戏谑，至今仍在民间流传。

小妹曾作打油诗取笑东坡，曰：

去年一滴相思泪，
至今流不到腮边。

东坡同样反击小妹，曰：

未出房门三五步，
额头先到画堂前。

一天，黄庭坚到东坡家做客，小妹见东坡出门相迎，便在一旁打趣道：

阿兄门外邀双月。

东坡迎黄庭坚进屋入座后，择机对道：

小妹窗前捉半风（風）。

出句说哥哥到门外迎接“朋友”（“双月”为“朋”）；对句说小妹窗前捉“虱子”（“半風”为“虱”字）。

二人说笑间，苏小妹为他们端来咸蛋下酒，并随之送上一句：

剖开舟两叶，内装黄金白玉。

咸蛋剖开后，恰似漂浮在水上的两叶小舟，内中蛋清蛋黄犹如“黄金白玉”，典雅贴切。

东坡正思忖间，不料有颗石榴从树上掉下，只听“叭”的一声，榴壳破裂，榴籽散落一地。东坡脱口道：

打破坛一个，中藏玛瑙珍珠。

三人会心地笑了。

东坡巧对王安石

王安石与苏东坡同被列入“唐宋八大家”。二人曾在政治上观点相左，但在诗文上是至交。王安石官至宰相，政治上胜苏东坡一筹。苏东坡人称大文豪，时常恃才傲物，甚至不把王安石放在眼里。

一次，苏东坡去相府谒见王安石。听说他正在午睡，东坡便在书房等候。进屋后，忽见书案上有这样两句诗曰：

西风昨夜过园林，吹落黄花满地金。

他不禁笑道：“此老江郎才尽，诗句真乃胡说八道。”遂顺手续之曰：

秋花不比春花落，说与诗人仔细吟。

王安石见诗一笑，不置可否。不久，苏东坡调任黄州（今湖北黄冈）团练副使，王安石亲自相送。途中，他出一上联让东坡对，上联曰：

七里山塘，行至半塘三里半。

苏东坡绞尽脑汁，怎么也对不出下联，只得认输。王安石笑道：“不必急于对答，待黄州回来见面后再说吧！”

东坡在黄州迎来了第一个秋天。重阳节间，一连刮了几天大风。风后，他到花园赏菊时，突然发现花瓣落了一地，枝上竟然一朵也没有了。此时，他才知道南方的菊花与北方的不同，王安石“吹落黄花满地金”的说法是对的。自己见识浅陋，不该乱改王安石的诗。

后来，当他与好友陈季常游九溪蛮洞时，忽然对出了王安石途中所出联句的下联：

九溪蛮洞，经过中洞五溪中。

不久，苏东坡被王安石调回了京师。回京后，他首先向王安石承认了自己改诗的错误；其次，当面对出了那个下联。王安石笑着说：

"学士果然心有灵犀，现在该知道老夫让你去黄州的用意了吧！"

自此以后，苏东坡在王安石面前谦虚了许多，再也不敢轻视这位老诗友了。

松下围棋柳边钓

一次，苏东坡与黄庭坚在一棵古松树下对弈。阵阵微风吹来，松枝轻轻摇曳，不时地有松子掉落到棋盘上。不知东坡是喜是烦？盯着刚刚落下的松子吟道：

松下围棋，松子每随棋子落。

黄庭坚听后，若有所思：这是在围棋间隙中又向我挑战对对子！东坡以眼前景就地取材，我须寻觅远处事巧妙入对才行。正当他抬眼四处张望时，忽见不远的河边上几棵稀疏的柳树下，有个渔夫正握着长竿垂钓。于是，随着他投下一颗棋子，一比下联欣然吟出：

柳边垂钓，柳丝常伴钓丝悬。

联语用"柳边垂钓"对"松下围棋"，用"柳丝""钓丝"分别对"松子""棋子"，一"常伴"、一"每随"，字无虚设，恰到好处。

晚霞映水满江红

一天傍晚，苏东坡与黄庭坚郊游返家时，正值红日西坠，晚霞沉金，水天一色。火红的江面上，渔歌悠扬，悦耳动听。黄庭坚触景生情，一比妙联正在腹中萌动。于是，他停住脚步，对苏东坡说："当年曹子建七步成诗，遂为千古美谈。你我若三步一联，岂不妙哉？"东坡点头应允。

黄庭坚抢先道：

晚霞映水，渔人争唱满江红。

因事先有约，黄庭坚吟罢，便试图奋力拖东坡快走，谁知东坡却反而蹲下身来纹丝不动。黄知其用意，便下意识地使劲拉苏的胳膊，东坡瞅准机会，用力一甩，黄庭坚不由得跌出好远。没等黄站起身来，只听东坡吟出对句：

朔雪飞空，农夫齐歌普天乐。

上下联皆嵌入一个词牌名，且“霞映水”与“满江红”相协调，“雪飞空”与“普天乐”相照应。合情合理，无懈可击。

中途退席巧应对

据苏轼《调谑编》载，一次，文人刘贡父宴请客人。宴席尚未终了，苏东坡忽然有事，欲起身告辞。刘以“三果一药名”出联戏之：

幸早里，且从容。

东坡听后，虽知刘在卖弄才学，但因事急，无暇与其计较，只得以其人之道还治其人之身。遂答曰：

奈这事，须当归。

言毕，匆匆离去。

刘贡父出句妙在“幸早里”与三种水果名“杏”“枣”“李”同音；而“从容”与中药“苁蓉”同音。意思是说，幸亏天还早哩，来得及，莫慌张。东坡之下联手法与其相同，“奈这事”与“柰”“蔗”“柿”同音，“当归”为中药名。意即怎奈这事不容迟疑，必须立即回去。

东坡智对辽使者

据岳珂《桯史》载，北宋元祐年间，苏东坡奉命接待辽国使臣。辽使久闻东坡大名，为探虚实，欲以诗文娱乐间困之。于是，便以“讨教”发端，说辽国有个流传许久终无人对的出句，要东坡对。这个出句是：

三光日月星。

此联确实难对。但字面上却很简单，前面的“三光”与后面的“日、月、星”相照应。东坡听后，淡然一笑，轻声对助手说：“为显示我泱泱大国，人才济济，请君先以‘四诗风雅颂’对他。”助手随之大声说道：

四诗风雅颂。

联中“四诗”，指《诗经》的四部分：国风、小雅、大雅、颂。这里的“雅”包含了“小雅”“大雅”两部分，真乃自然天成。此对一出，确令辽使惊叹。

还未等辽使回过味来，东坡接着又吟出一对：

四德元亨利。

辽使有些茫然。东坡遂道：“四德应为四字，但最后一字系先皇的圣讳，臣下不敢妄言。”

原来，“四德”指“元、亨、利、贞”。其中“贞”与宋仁宗之名“赵祯”的“祯”字同音，按当时国法应“避讳”。这也体现了大学士苏东坡的机智，不得不令辽使叹服。

东坡打断他们的议论，又令医官对道：

六脉寸关尺。

“六脉”，中医切脉时，左右手各有三个部位，即“寸、关、尺”，合称“六脉”。中医常以食指按寸部，以中指按关部，无名指按尺部。

辽使听后，无可挑剔，但对“四德”联提出毕竟少一字，希望另构一语相对。东坡见门外雷雨大作，即刻对曰：

一阵风雷雨。

至此，辽使十分佩服苏东坡的才华，尽欢许久方散。

据《古今谭概》载，说“六脉寸关尺”为明代张幼于（献翼）所对；“一阵风雷雨”为明代吴闻之所对。待考。

兄弟携手对佛印

传说，苏轼和弟弟苏辙一起造访金山寺名僧了元（号佛印）。随后，三人相携同游巫山。

面对巫山美景，人人心旷神怡，诗兴大发。忽而吟诗，忽而答对，好不惬意。突然间佛印和尚出了个异字同音对：

无山得似巫山好。

东坡未加深思，脱口道：

何叶能如荷叶圆？

弟弟苏辙赞誉一番后说：“兄长的下联虽对的敏捷，但用‘叶’对‘山’似有不工，能否略改一二？”

苏轼一怔，然后说：“啊？说来听听。”

苏辙清了清嗓子，说：“可否将‘荷叶’改为‘河水’？”随之吟道：

何水能如河水清？

苏轼和佛印齐声叫好。

三人的对句，妙在“无—巫”“何—荷”“何—河”皆同音异义字，确系奇思巧构。据说，苏辙从此显露文才，终至与父兄齐名，合称“三苏”。

新城浮石巧入对

苏东坡被贬惠州（今属广东）后，一次，他从惠州过小海关到江西南安府一带走访。当他问老乡“此为何地”时，老乡答曰：“新城。”于是，他得一上联曰：

新城几时旧？

之后，久不得下联。后来，走到一个地方，当他听说此地为“浮石”（今南京市境内）时，眼前一亮，自言自语道：

浮石何日沉？

联中“浮石”“新城”，皆地名。“旧”与“新”、“浮”与“沉”，为两组反义词相对。“何日”与“几时”，皆为设问。联虽寥寥十字，字字工整，新颖别致，巧中见奇。

港口窑头为口头

传说，苏东坡在赣州游览时，他同书童一起乘一叶小舟去游章、贡二水的汇合口。当他们行至某渡口时，忽见一乘客同船主在为船钱争论不休。东坡脱口说：“区区小事，何必劳心伤神犯口角？”

书童听东坡这么一说，忽得句曰：

港口乘船，因船钱而讲口。

赣州方言称“吵嘴”为“讲口”，且读“讲”为“港”。东坡听后，很是赞赏自己书童的机敏。既入乡随俗，利用方言成联，又将“港口”“讲口”二同音词入对，颇具乐趣。

他一边走，一边琢磨着下联，并环顾四周，随时捕捉可以入联的景物。当他遥见河对岸一座瓦窑边，几个顾客正在摇头晃脑地与窑主协商瓦价时，笑着对道：

窑头卖瓦，为瓦价以摇头。

上联“港口”“讲口”同音，下联“窑头”“摇头”同音。“口—头”相对，“价—钱”相对，工整妥帖。周围的人听后，皆称“妙对！”

苏氏一门巧填字

一天，父亲苏洵买了幅画，拟配书一副对联。当他起草好后，自我感觉不尽如人意。于是，他便招呼儿女们各抒己见，共同把联中缺失的关键字填上。苏洵的初稿为：

轻风 细柳，

淡月 梅花。

苏东坡思维敏捷，即刻想到“摇”“映”二字，抢先道：

轻风摇细柳，

淡月映梅花。

苏洵听后，微笑着点了点头，不置可否。苏小妹在一旁说：“若将‘摇’改为‘扶’，‘映’改为‘失’，不知父兄以为如何？”

苏辙立刻表示同意小妹的说法。他说：“用‘扶’字，突显了‘轻风’之温柔；用‘失’字说明‘淡月’与‘白梅’间的色调变化。月色愈明，则梅色愈淡，有失去本色、给人以扑朔迷离之感！”

最后，父子三人一致赞同小妹之见，联语确定为：

轻风扶细柳，

淡月失梅花。

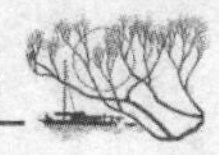

相公读书吊摇铃

一天，苏东坡外出回到家里，看见妻子正在织布，灵活的双脚一上一下，有节奏地踏在上下移动着的木板上，禁不住微笑着吟道：

娘子织布必打板。

妻子并不在意丈夫的说话，继续一梭一梭地织布。不久，看到东坡在摇头晃脑地吟诵《诗经》，样子十分有趣。她不由得暗自好笑，不由得张口警示道：

相公读书吊摇铃。

脱口一句，恰成巧对。东坡很佩服妻子的才思敏捷。

思岸柳眉弯腰细

据《评释巧对》载，一日，苏东坡造访李之仪（号端叔），见李的窗前有盆“相思草”，便出上联戏之曰：

草号相思，思岸柳眉弯腰细。

站立一旁的李之仪听后，信步走到“含笑花”旁，一边侍弄花枝，一边轻声对道：

花名含笑，笑石榴齿露皮斑。

苏东坡的出句从“相思”发端，诗人由“草”想到“柳”，岸柳在和煦的春风中，舒展弯如初月的柳叶眉，舞动细似少女纤腰的柳枝，给人以无限遐思。李之仪的对句则由“草”想到“花”，由“相思”想到“含笑”，由静到动，笑那火红的石榴树，果熟时，石榴裂口露子，皮色斑驳，摇曳枝头，好不惬意！

联语花草相对，用顶针、排比等手法，形象地展现了“岸柳”与

“石榴”的不同形态。构思巧妙，描写细腻，不愧高手！

昔曾三到又重来

据《独醒杂志》载，一次，东坡与好友黄庭坚（字山谷）同游凤池寺。东坡忽然想到张丞相游凤池寺时曾有诗曰：

八十老翁无品秩，昔曾三到凤池来。

便出句赞之曰：

张丞相之佳篇，昔曾三到。

黄山谷马上想到柳永《玉蝴蝶》词中有“凤池归去，那更重来”句，便脱口对出下联：

柳屯田之妙句，那更重来。

东坡出句用隐字法，言“凤池来”，即“来凤池”；黄庭坚则直言“那更重来”，共同表达了他们这次游凤池的愉悦心境。

附一：唐代张登诗：

闲游灵沼送春回，关吏何须苦见猜。

八十老翁无品秩，三曾身到凤池来。

附二：宋代柳永词《玉蝴蝶》：

渐觉芳郊明媚，夜来膏雨，一洒尘埃。满目池桃深杏，露染风裁。银塘静、鱼鳞簟展，烟岫翠、龟甲屏开。殷晴雷。云中鼓吹，游遍蓬莱。徘徊。集旗前后，三千珠履，十二金钗。雅俗熙熙，下车成宴尽春台。好雍容、东山妓女，堪笑傲、北海尊罍。且追陪。凤池归去，那更重来。

大老二疏成佳对

苏轼任杭州通判期间，一日与徐璹在双桧堂闲聊。苏轼想到与弟弟苏辙二人因反对王安石变法遭到外放，心中多有愤懑。于是，指着庭前的二桧（桧柏树）吟道：

二疏辞汉去，

徐璹听后似有所悟，即刻对曰：

大老入周来。

“二疏”，指汉代疏广和侄子疏受。汉宣帝时，疏广为太子太傅。疏受为太子少傅。二人并称“二疏”。五年后，一起辞官归乡，皇上加赐黄金20斤，皇太子赠金50斤。二疏辞官回到家乡之后，将金遍赠乡里。二疏去世之后，乡人感其散金之惠，在二疏宅旧址筑“二疏城”；在其散金处立一碑，名“散金台”。宋代赵颜瑞《浣溪沙》中有：“草庐松竹自年年，他时人说二疏贤。”

“大老”，即元老，称年高望重、品德高尚之人。语出《孟子·离娄上》：“二老者，天下之大老也。”“二老”，指周初伯夷和吕望。伯夷，商末孤竹君长子。武王灭商后，他与弟弟叔齐隐居首阳山，不食周粟而死。“吕望”，即吕尚，姜姓，吕氏，名望，西周初太师，因辅佐武王灭商有功，后封于齐，成为周代齐国的始祖，有太公之称，俗称姜太公。

徐璹以两位历史名人比喻苏轼、苏辙兄弟，极力安抚苏轼，令其十分欣慰。

巧思妙联拒东坡

一日，东坡偕友游览山景，因游兴浓，下山时已是金乌西坠，暮色苍茫。行走间，忽见不远的山林中有灯光闪烁，他们便想前去探问，准备借宿其间。

敲门后，只见一中年女子出来，他们上前说明来意。女子听后，面带难色。原来，这女子丧夫后独居在此，觉着几个男子借宿多有不便。当他得知其中有苏东坡大学士时，又迟疑不决。后来，他提出愿与东坡对对联。并说，若能对出，即可提供方便。

听此一说，他们认为："深山老林，孤陋寡闻，能有多少学识？任她说来。"

女子并不客气，旁若无人地出句道：

礼记一篇无母狗。

的确，《礼记》中无"母狗"之句。但民间有个笑话：传说，从前有一文人，喜欢卖弄风骚。死后，阎王见他文章错字连篇，有辱斯文，便让他做畜生。征求他的意见时，他说愿做母狗，并解释说："《礼记》中有'临财母狗得，临难母狗免'语。"

阎王听后，哈哈大笑。原来，他把"临财毋苟得，临难毋苟免"中的"毋苟"错读成"母狗"。

东坡听这女子出句后，不觉心中一震！没想到她的学识还真不浅，看来不得小觑。他沉思片刻后，当即对道：

春秋三传有公羊。

女子听后，十分佩服苏东坡的才华。转眼又出一联：

寂寞寄寒窗，寡守安容客宿。

东坡一听，马上意识到出句的难度。结果，深思良久，只吟出半句：

逍遥游远道……

几个人切磋了半天，怎么也对不出来。不得已，他们只好无奈地消失在茫茫夜色中……

十百要鱼沟内滚

据《评释古今巧对》载，一日，佛印与东坡同游，忽见沟内有泥鳅游动，佛印对东坡道：

十百要鱼沟内滚，泥拌千鳅。

东坡望着佛印诙谐地说：

三双和尚灶前蹲，灰泊六壳。

“要鱼”，为泥鳅之别称。“十百”为“一千”，“三双”为“六”。对句“泊”，即停留。“壳”，戏指和尚的光头。

佛印出句为实指，东坡对句为虚构。联语巧用数字，前后呼应，记事状形，妙构成趣。

一则二则皆仲父

据宋代张世南《宦游记闻》载，一日，东坡与刘景文同行。东坡忽问景文，有这样一句不知如何对之，遂吟道：

一则仲父，二则仲父。

刘张口说：

千不如人，万不如人。

出句“仲父”，指管仲，春秋时齐国大臣。名夷吾，字仲，颍上（今属安徽）人。初与鲍叔牙经商南阳，后被齐桓公任命为卿，居相位四十年。时人尊称“仲父”。

对句“如人”与上句结构相同。虽然有数字、亦重言，但似有不妥。东坡笑了笑，不置可否。

陈善在《扪虱新话》中，认为“仲父”指管仲，当以人名对之。故对曰：

成也萧何，败也萧何。

语出宋代洪迈《容斋续笔》卷八：“故俚语有‘成也萧何，败也萧何’之语。”“萧何”，汉高祖刘邦的丞相。曾荐韩信为大将，后又助吕后杀韩信。

有人说，宋英宗在苦于天天看到给事中毛宏的奏疏时说：

昨日毛宏，今日毛宏。

当可以此对东坡出句，人们认为也算恰当、贴切。

中秋父子对妙句

一年中秋，苏轼同家人一起饮酒赏月。父子团圆，其乐融融，不觉时至半夜。东坡越谈越兴奋，忽然，他想借此机会，测试孩子们的学识。于是，他脱口说：

半夜二更半。

三子苏过反应敏捷，他抬头向中天一望，看着皎洁的圆月，字正腔圆地对道：

中秋八月中。

真乃虎父无犬子！对答得何等工整有趣，恰到好处。苏东坡眯缝着醉眼满意地笑了，笑得那样爽朗……

孤山独庙一关公

一天，苏东坡和佛印酒后郊游。只见郊外遍地野花，杨柳夹岸。他们说笑着走到一小山前，沿山前小河岸边拾级而上。山顶有一古庙，庙祀关羽。东坡面对关公塑像，似有所悟，遂对佛印说："我们以此为题，对一联如何？"佛印笑曰："好哇，请出联吧！"

苏东坡转眼出联道：

孤山独庙，一关公单骑匹马。

佛印听后一惊："东坡这联出得实在刁钻。联中连用五个表示单数的字，对句须找五个表示相同数字的字。这该到哪里去找那么多呢？"急得他直挠头。

东坡一旁笑道："对不出认输算了，可别把头皮挠破了。"

倔强的佛印说："今天对不出来，我就不回寺了！"

二人边走边说，待行至河岸旁，租了一条小船，任船家顺水划去。佛印眺望着两岸桃花盛开，偶尔见岸边三两渔人在柳下垂钓。忽然，他忍不住哈哈大笑："有了！"随之吟道：

夹河两岸，二渔夫双钩对钓。

东坡赞曰："亏你想得出这么多'双数字'！"

三人巧对析字联

元丰六年（1083年）春，佛印和尚从杭州到黄州拜访苏东坡。一天晚上，明月当空，春风轻拂，东坡携朝云同佛印乘船游长江。途中，游兴极致，东坡提出对对子。佛印说："过去，我们多是二人对句，今天，我们三人同对，如何？"

东坡先出一联：

土皮为坡，土也尚能为地，余喜坡地。

东坡不由得道出了自己最近取得东坡几十亩耕地一事，流露出自己苦中作乐的喜悦心情。

佛印和尚随即对道：

人曾为僧，人弗可以成佛，吾信僧佛。

佛印依据自己身份，从“僧”“佛”着手，表达了自己作为僧人，信奉“佛主”的虔诚心理。

东坡、佛印一出一答，语言酣畅明快。朝云看他俩均以自己的身世处境成联。于是，一旁羞怯地轻声对曰：

女卑为婢，女又不妨称奴，我诚婢奴。

三人说笑着继续前行。佛印放眼和风拂煦的江面，望着天空中随行的明月，冲着朝云笑了笑了，又出一联：

美人映月，人世天宫两婵娟。

话音刚落，正好有个波浪打来，他们随船颠簸了一下，东坡顺势对道：

和尚撑船，岸畔波心千层浪。

朝云想到跟随东坡来到黄州，虽遭贬外放，但当地父老乡亲、新朋旧友皆热情有加，关怀备至，不禁脱口说：

居士谪黄，乡亲父老百倍情。

三人你出我对，其乐融融，一直玩到很晚才回去。

河里荷花和尚摘

一次，苏轼去寺庙中拜访佛印。佛印见苏轼腰间的玉带晶莹剔透，很是诱人，他心中喜欢，决计把它骗到手。

佛印问东坡道：“坡公何处来？此间无坐处。”

苏轼不明所问，笑曰："借和尚四大坐禅床。"

佛印说："我有一问，答出便借四大与你，你若稍有迟疑，便要留下腰中玉带，如何？"

苏轼说："请吧。"

佛印问："四大本空，五蕴非有，坡公欲于何处坐？"

苏轼面带难色，未能立即答出，只好将玉带解下。

就这样，东坡被佛印简单的几句话，便输掉了一条玉带，心中多有不服，时常想借机报复。

没过几天，他又去佛印那里游玩。二人到荷塘边漫步。东坡忽见池塘边有几支光秃秃的荷秆直挺挺地竖在那里，荷花像是被人摘去，便顺口说：

河里荷花，和尚摘去何人戴？

佛印听到东坡在挑衅自己，便寻思着这样对道：

道旁稻草，盗贼偷来到处铺。

佛印巧妙地回避了东坡所提到的问题，又工稳地对出了下联。东坡只得叹服佛印的机敏。

机智篇

东坡乘兴对哑联

一次，苏轼在家乡宴请远方好友陈兴。陈问道："苏轼兄才高八斗，满腹经纶，能否谈一下您写诗作文的诀窍？"

此时，苏东坡已有几分醉意，听后便信口道："这主要是家乡的水土好。俺们这一带，男女能赋诗，老幼善对句，我不过是近朱者赤罢了。"苏东坡说得十分轻巧，陈兴听后感到很是惊讶。

后来，二人相携到野外游玩，偶遇一老汉正在河边挑水，陈兴便想借机验证一下这里的人是否"男女能赋诗，老幼善对句"。于是，他径直走向老汉，深施一礼后，吟道：

左右兵丁，前后人抬轿，丁壮轿锦同前往，本官乃坐轿者。

老汉本是个大字不识的农夫，哪能言对？听陈兴这么文绉绉地来几句，不知说什么才好，只得用手指了指河水，又指了指水桶，然后，弯腰挑起水走了。

一旁的苏东坡暗自思忖道，没料到我的几句醉话，他倒较起真来了。当他看到老汉走后，不等陈兴开口，便说："陈兴弟，我怎么说来着，你看老汉对得如何？"

陈兴丈二和尚摸不着头脑："我怎么没有听出老汉对出来了呢？"

东坡说："你没见他指指河水，又指指水桶吗？这叫哑对！"他的下联是：

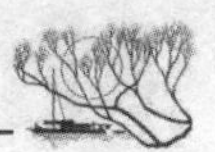

东西流水，南北河两岸，水低岸高共长短，老汉是挑水人。

然而，陈兴并不言语，只是急匆匆追上老汉，用手指了指远处相连的两座山峰，又出一上联：

二山巍巍，双峰南高北低。

老汉听后，不知所措，赶紧摇了摇手，快步走进了村庄。

东坡冲陈兴笑了笑说："怎么样，这下他对得不错吧？"

陈兴仍是一头雾水："他摇摇手能对什么？"

东坡解释道，他摇手的意思是：

一掌平平，五指三长两短。

陈兴不情愿地点了点头，疑惑地不置可否。

衡门稚子璠玙器

传说，一次苏东坡到江苏宜兴访友，途中遇见年仅十岁的孙仲益。听说小仲益自幼聪颖好学，便问他正在学习什么功课。只见他眨了下眼说："正在学习对句。"

说到对句，东坡便想出句试其才华，遂出一联：

衡门稚子璠玙器。

孙仲益稍加思索，答曰：

翰苑仙人锦绣肠。

东坡听后，高兴地抚摸着他的头，连声称之："真璠玙也。"

"衡门"，以横木为门，指房屋简陋。"稚子"，幼儿。陶潜《归去来辞》有："童仆欢迎，稚子候门。""璠玙"，美玉，称誉孙仲益。"翰苑"，翰林苑。"锦绣"，喻指文章。

孙仲益能够想到以"翰苑仙人锦绣肠"相对，足见其立志高远，不同凡响。

辩解哑联惊使者

传说，苏东坡曾陪同高丽国（今朝鲜）使者游览，途中谈及联对时，他夸口说，我们文明古国，妇孺村老，人人能诗善对。不料，使者遂指着眼前宝塔，出句向路人求对曰：

独塔巍巍，七级四面八方。

谁知，使者连问几人，皆连连摆手而去。于是，使者问东坡："怎么我说这联，人们都摇手对不出呢？"

东坡笑着答道："他们均已对出。难道你不满意吗？"

使者不解其意。东坡说："路人是用哑语与之相对！"说着，伸出手掌晃了晃道：

只手摇摇，五指三长两短。

使者在惊叹之余，不得不佩服苏东坡的机警和敏思。

有资料说，此联为苏东坡被贬黄州后，朝廷派人前赴考察他时，钦差与其学生对。学生摇了摇手，东坡说出了对句。与此不同的是，出句"独塔巍巍"改成了"宝塔尖尖"，对句"只手"改为"玉手"。全联为：

宝塔尖尖，七层四面八方；

玉手摇摇，五指三长两短。

究竟孰是孰非，有待考证。

东坡妙联索磬鱼

东坡和佛印二人常常互相来往，相互戏谑。一天，东坡又去造访佛印。正好佛印蒸好了鱼正要吃饭。忽听人来，便顺手用铜磬盖住蒸

鱼，并将之推至一旁。谁知，他的这些动作已被东坡看得一清二楚。

然而，东坡却装着没有看见。佛印见他进来，便说："学士驾到，与贫僧一起吃点粗饭吧？"

东坡并不推辞，坐下来就吃。但他边吃边琢磨："怎么能让他把磬里的鱼拿出来呢？"

转眼间，他想到前几天佛印让他给人写对子的事。遂说："刚才路上，我看到一副很不错的春联。"

佛印忙问："什么好联？"

东坡清了清嗓子道：

向阳门第春常在，

积善人家……

说到这里，他故意拖起长腔。佛印在一旁紧接道："庆有余。"

东坡哈哈大笑："什么？你说磬有鱼？为什么不拿出来一同品尝呢？"说着，便起身将一边的磬翻了过来。

香喷喷的蒸鱼，诱人垂涎。不等佛印搭腔，东坡便伸筷夹起就吃。佛印很是尴尬，无可奈何地说："你这个机灵鬼，真拿你没办法！"

迟来妙对进考场

一年秋天，东坡与二学友赴九江（今属江西）二门赶考。途中突发大水，耽搁多日，待船只赶到时，已经迟到了。

考场的值日门官，见他们斯文儒雅，便想借机测试一下他们的才华。于是，根据他们的自述，张口说道：

一叶小舟，载着二三位考官，走了四五六日水路，七颠八倒达九江，十分来迟。

三位学友互视片刻，东坡用倒数法，快速对道：

十年寒窗，读了九八卷诗书，赶过七六五个考场，四番三往到二门，一定要进。

值官听后，在惊愕之余，连连称赞，遂让其一行顺利进入考场。

传说还有一次，苏东坡与黄庭坚等一行乘船到苏杭游玩。在船上饮酒时，一船家少年出句令他们对：

驾一叶扁舟，荡两支桨，支三四片篷，坐五六个客，过七里滩，到八里湖，离开九江已有十里。

出句从一到十，用十个自然数详细地叙述了他们一行离开九江的乘船经历。联中集数字、地名于一体，结构紧凑，环环相扣，一气呵成，成联难度令人惊叹！

东坡等人思索议论了半天，终未对出，最后遗憾地离开了船家。据说，至今仍为绝对。

东坡斜矣安石过

王安石罢相后，常与东坡一起切磋诗文，结伴同游。一天，他俩行至一处，偶见某旧房根基下沉，其墙向东倾斜。王安石见状，遂出一联戏之曰：

此墙东坡斜矣！

东坡不假思索，即刻反驳道：

是置安石过也！

二人四目对视，随之哈哈大笑。既为他们相戏而笑，又为他们各自的机敏对答而笑。

联语互嵌其名，双关奇绝。“东坡”，既指瓦房顶靠东面的一坡，又指苏东坡。“安石”，既指为矫正倾斜的房子而安置的石头，又谐王安石。真乃巧人遇妙事，巧妙至极！

一串无鳞三盘壳

宋代时期，江西修水某村，有位秀才叫张乐，曾在村中设馆教书。因他为人忠厚，学识广博，教书认真，深受学生及家长的欢迎。当时，邻村有个叫杨之才的员外也设有私塾。但因他为人刻薄，收费过高，人们便纷纷将孩子送到张乐馆里就读。杨员外不忍自己的学馆日益冷落，便决意设法为难张乐。

这天，杨员外请了两位名叫黄得榜、曹全文的人，提着黄鳝、泥鳅、鳗鱼，一同找到张乐，说要与之对句。随之，黄得榜先出上联道：

四水江第一，四向南第二，先生居江南，还是第一，还是第二？

聪明的张乐一看便知，此二人来者不善，但看他俩说话粗鲁，也就没把他们放在心上。听到他的出句后，略加沉思，便高昂地对道：

三教儒在前，三才人在后，寒士本儒人，也不在前，也不在后。

曹全文见黄得榜没能难住张乐，便不耐烦地提起手中之物，敞开嗓门高声说道：

一串无鳞，鳝长鳅短鳗有耳。

听到此联后，张乐一时语塞，自感羞愧难当，回家后便卧床不起。这时，恰逢苏东坡路过此地，得知此事后，就登门拜访。他见张乐躺在床上，嘴里不住地念叨那个出句，就在一旁细细琢磨起来。忽然，他眼前一亮，大声吟诵道：

三盘有壳，鳖圆龟扁蟹无头。

迷蒙中的张乐，听此对句，一骨碌从床上坐了起来，顿时来了精神，连说：“妙对！妙对！”

他很快找到出句者，张口对出下联。俩人听后，无话可说。自此，杨员外再也不难为他了。

村里人为感谢和怀念苏东坡，便将村名改为“来苏村”。

狗啃和尚水流尸

苏轼在黄州时，一日与好友佛印和尚泛舟江上。二人饮酒赏景，吟诗作对，谈古论今，优哉游哉！

忽然，东坡远望岸边，看到一只黄狗正在树下啃食骨头。顿时，他若有所思，不觉抿嘴一笑，抬手指向江岸，示意佛印看去。佛印本能地随东坡的指向望了望，猛然一惊。心中又好气又好笑。

原来，东坡出了一条哑联曰：

狗啃河上骨。

“河上”，谐“和尚”。

佛印默不作声。心想：“你戏弄我，我也得伺机嘲讽你！”

当时正值秋天，虽然江风徐徐，有天高气爽之感，但有时也不免让人感到燥热。何况，佛印一心想寻机报复，不由得烦躁起来。只见他顺手拿起蒲扇，乘风驱热。不经意间，看到扇面上的东坡题诗，灵机一动，在苏轼眼前晃了两下，轻轻抛入水中。

佛印回敬的哑联是：

水流东坡诗。

“诗”，谐“尸”。

这副对联也有两个版本。有资料谓“流”为“漂”。以“流”说较普遍。

身缠龙与头站凤

一次，苏东坡去拜访宰相王安石，王安石深知东坡之学识和才华，想当面出句求对，看其反应如何。

东坡入座后，王安石便指着自己身上穿的蟒袍，转了一下身，出句道：

身缠龙，龙缠身，身转龙翻身。

苏东坡未曾料到当朝宰相来此一着，细细苦思一阵，竟无佳句相对。正当他不知如何是好时，忽见众宫女都在为他未能对出而摇头叹息。宫女们头顶上的鸟饰不断地随之点头，于是，他即刻悟道：

头站凤，凤站头，头摇凤点头。

王安石听后，很是佩服他的机智和敏捷。众宫女个个向他投去敬慕的眼光，整个大厅笑作一团。

贬谪途中对药联

苏东坡被贬往岭南途中，在湘南遇到一位柳姓郎中。在他们交谈的过程中，柳郎中得知苏东坡不仅学识渊博，善诗精对，而且通晓医学，娴熟药理。于是，他便有意识地流露出愿与东坡对药联的意思，畅快的苏东坡欣然应允。

柳郎中首先出句曰：

仙鹤弹琵琶（枇杷），高奏神曲。

东坡稍加思索，马上对曰：

雷公敲木瓜，大惊云母。

接着柳郎中又出一联曰：

红孩子戴红花吃红豆。

苏东坡遂对曰：

白头翁摘白梅尝白果。

柳郎中紧追不舍曰：

何首乌身披穿山甲，骑地龙，挥大戟与木贼战百合。

苏东坡越战越勇曰：

吴茱萸头戴金银花，坐河车，握三棱比草蔻胜五倍。

柳郎中有备而来，苏东坡随机应对。连续几个回合下来，已使柳郎中佩服得五体投地。他见东坡应对自如，便见好就收，并连口称赞："奇才！奇才！"

兄妹联手对无赖

据说，对名满天下的大文豪苏轼的才华，光州（今河南潢州）有一无赖多有不服。

一天，无赖找到苏府，毫不客气地对苏东坡说："我出个对子，您若能在两个时辰内对出，小可便心服口服。否则，先生请我吃酒如何？"苏轼点了点头，微笑着答应了。

于是，无赖高傲地出句道：

霜打黄瓜软似。

本不在意的苏东坡，听后猛地一惊，思索了半天，愣没对出。但是，坐在窗前的小妹心里早有腹稿，心急火燎的她此时不便讲出。只得借机向东坡递了个眼色，有意识地向门外池塘中的荷花努了努嘴。心有灵犀的苏东坡豁然开朗，他示意无赖跟他一同到池塘边，手指水中小荷道：

水出荷叶卷如。

无赖一听，心头一震，遂脱口说："不愧大学士！"马上表示信服，拱手而去。

鼠上栗树蟹擒菱

据《啸红笔记》载，苏轼与秦观（即秦少游）同游于园中，忽见一老鼠爬上栗树吃栗子。秦观觉着很是有趣，遂出句道：

老鼠上栗树，吃栗壳落。

随行的东坡笑了笑，并未言语。没走几步，忽见池中一只螃蟹正在擒菱。即对曰：

螃蟹入菱池，擒菱钳莲。

二人相视而笑。

联语用绕口、拟声手法，形象地描述了鼠吃栗、蟹擒菱的动作和声音。美中不足的是“壳落”与“钳莲”对得不甚恰切。若改“壳落”为“落壳”，工且工，但声不顺。此为联之小疵也。

有资料说，下联为：

螃蟹入菱池，擒菱钳张。

“张”为动词，与“落”相对。从成联规则而言，这样较为合理。究竟为何，待考。

大家齐吃大家茶

胡仔《苕溪渔隐》载，驸马都尉王诜（字晋卿，太原人，能诗善画，以左卫将军招为驸马都尉。）与苏轼关系极好，常在一起诗歌赠答。苏轼还为其写了《宝绘堂记》。

一次，苏轼和孙巨源同访王诜。王诜在花园中与之相会。说话间，他吩咐下人：“都去喂官员们的马。”下人走后，孙巨源想了想，觉着有趣，遂出了个上句：

都尉指挥都喂马。

王诜看了看苏东坡，说："谐音，妙句！"东坡正思忖间，适逢长公主过来送茶，东坡忽曰：

大家齐吃大家茶。

原来时人皆呼长公主为"大家"，真乃妙对！

据说，自此长公主对苏轼印象颇深。后来，当她在她的皇帝哥哥那里听说御史参劾苏轼，并准备下旨拿问他时，她便急忙回家将之告诉了丈夫王诜。王诜即刻派人快马到南京告诉苏辙，让他速到湖州向苏轼报信。这就是所谓的"乌台诗案"。

黑白炭与嫩老婆

一年冬天，刚刚结婚的苏东坡，正与一位同学围着火盆烤火。忽然好友黄庭坚踏雪来访，便一同围炉夜话。

说话间，黄庭坚望着烧乏的木炭突然吟道：

黑黑白炭。

东坡左思右想，始终不得下联。恰在此时，新妻从门前经过，他灵机一动，张口说道：

嫩嫩老婆。

几位听后，哄堂大笑，庭坚也连连称妙。

出句"黑白"为一对反义词，而"黑黑"又为叠字入联。对句"嫩老"亦为一对反义词，"嫩嫩"亦为叠字成联。二语相对，恰到好处。

联虽无情，字里行间却充满感情色彩，细思起来，不仅朗朗上口，而且趣味盎然。

栗破藕断丝横飞

《东坡问答录》说，一日，苏小妹回娘家，席间同东坡一起吃煮熟的栗子。当她看到一些裂开的栗子时，便冲着东坡说：

栗破凤凰见。

东坡知道小妹又在出对向自己挑战。于是，他举筷夹起一块藕片有意识地咬下一口，慢条斯理地说：

藕断鹭鸶飞。

小妹出句用“凤凰”谐“缝黄”；东坡对句用“鹭鸶”谐“露丝”。手法相同，谐音巧妙。

《稗史》载，说此上下联皆出自苏东坡一人之手。

《快园道古》卷十二，说此联为明代赵时逢席间与江西妓女朱云楚对。赵出上联，朱对下联。只是用“缝黄”谐“凤凰”，用“露丝”谐“鹭鸶”：

栗绽缝黄见，

藕断露丝飞。

究竟何人所为，有待考证。

戏谑篇

东坡谜联戏和尚

一次，苏东坡在岭南游玩山寺时，看见有个小和尚流着眼泪跪在寺门旁。东坡上前问其缘由，小和尚说，因他不慎打碎了油灯，遭到了方丈的责罚。

东坡心想，出家人以慈悲为怀，怎么能因这点小事如此打罚徒弟呢？未免太过分了！然而，他虽有不平，但又不便直说，只得径直进寺游览。

方丈见东坡造访，刚刚还满脸怒气的他，忽而阴转晴，满脸堆笑，热情接待。原来，他想借机要东坡留下墨宝，为寺院增添光彩。本来非常厌恶方丈的苏东坡，此时想起小和尚跪在地上那痛苦的样子，便提出要小和尚为他研墨展纸才肯动笔。方丈即唤小和尚前来伺候。大学士苏东坡很快写出如下一联：

一夕化身人归去，

千八凡夫一点无。

方丈看后，不问何意，连声称妙。遂命人将此联刻在山门之上，自鸣得意，溢于言表。

不久，佛印和尚到寺游玩，见此对联，不禁仰天长笑。方丈追问何故，佛印便请笔墨伺候。转瞬，“死秃”二字跃然纸上，随即转身而去。方丈见后，气得浑身发抖。

原来，东坡认为，方丈虐待小徒弟，实属不该。于是，就借题字之机，为之抱打不平。谁知，方丈不知谜底，还以为东坡在赞誉自

己。因此闹出了这等天大笑话。

此联为析字谜联。上联“一”“夕”合成“歹”字，而“化身人归去”，是说“化”字去掉“人（亻）”成为“匕”，这样，“歹”与“匕”组成“死”字。下联“千”“八”组成“禾”字，“凡夫一点无”，系指“凡”字去掉“一点”为“几”字，“禾”“几”结合成“秃”字。上下联合在一起，谜底为“死秃”。

蛇虺虾蟆巧成对

据《独醒杂志》载，苏轼与黄庭坚这对诗文好友，常在一起谈诗论对，切磋书艺。

一次，二人又在一起谈论书法艺术。苏对黄说：“鲁直（黄庭坚，字鲁直）近来写的字虽清劲，但笔势显得瘦硬，几如树梢挂蛇虺（hui,音悔，一种小蛇）乎！”

黄庭坚对苏的评价不置可否，欠了欠身说：“公之字，固不敢轻议，然觉扁些，亦甚似石底压虾蟆也!”

他俩各自以为自己看得准，深深切中了对方书法的弊病。

后来，有人据此组成巧对：

树梢挂蛇虺，

石底压虾蟆。

联语巧妙地概括了二人的书法特点，字体形态，跃然纸上。形象生动，中肯独到。

东坡题联讽住持

一天，苏东坡到一座寺庙游览，听说寺里的住持品行不端，心中顿生厌恶。然而，住持知悉大学士苏东坡前来造访，便忙前忙后，恭敬招待，殷勤伺候。并恬不知耻地向苏东坡索字留念。东坡见状，一股怒气泄之笔端：

日落香残，去掉凡心一点；
火尽炉寒，来把意马拴牢。

住持为了炫耀，很快将联语刻在楹柱上。许多人见之皆忍俊不禁。原来，东坡先生将“秃驴”二字暗嵌其中，意在嘲讽之。

上联“香残”，指“香”字去掉“日”为“禾”字，“凡”字去一点为“几”字，“禾”“几”合为“秃”字；下联“炉”字“火尽”后为“户”，“户”拴一“马”为“驴”。谜底为“秃驴”。

古稀翁娶而立妾

据《冷斋夜话》载，宋代某地有位教书先生，七十岁时买了个三十岁的小妾，然后，大摆宴席，以示庆贺。此时，正巧苏东坡杖藜而过。先生便邀其入席，亲为敬酒，并求之赠句。

东坡并不推辞，遂问：“先生今年高寿？”

先生欠了下身子，恭敬地答曰：“小老儿今年七十了。”

东坡继而又问：“所买小妾，芳龄几何？”

先生迟疑了一会儿，道：“三十刚过。”

东坡要过笔墨，挥笔题联一副：

侍者方当而立岁，
先生已是古稀年。

围观者哄堂大笑，先生尴尬难耐，

联中“侍者”，指随身女侍，此指先生之妾也。“而立”，指三十岁。语出《论语》：“吾十有五而志于学，三十而立，四十而不惑，五十而知天命，六十而耳顺，七十而从心所欲，不逾矩。”“古稀”，指七十岁。语出杜甫《曲江》诗：“酒债寻常行处有，人生

七十古来稀。”联语从二人的年龄着意，用极大的年龄差距“而立”与“古稀”和鲜明的嘲讽口吻“方当”与“已是”，给人既戏谐，又文雅的感觉，因而获得赞誉。

兄妹撰联戏王孙

苏小妹才貌双全，且琴棋诗画样样精通。京城的许多皇亲国戚、王孙公子，个个慕其才名，有的托人提亲，有的登门求婚。为寻求如意夫婿，小妹拿定主意，决定以文招亲。

消息很快传遍京华，才子们使尽浑身解数，有呈诗的，有送文的，有递赋的，忙坏了苏家上上下下。一天，有位富家子弟，也报来几篇诗文，满以为自己的得意之作，会赢得小妹的芳心。不料，小妹看后，以为文笔粗淡，见地平庸，给人以矫揉造作之感。于是，她来不得细思，提笔批曰：

笔下才华少，

胸中韬略无。

消息传到东坡那里，他觉着这样做似有不妥。但是，批语赫然纸上，去掉已是不能。此时，他急中生智，仿小妹笔迹，在上下联后各加一字。变成：

笔下才华少有，

胸中韬略无穷。

东坡持文约见了这位公子，说道：“你的诗文确实不错，无奈小妹相貌丑陋，不敢高攀。”

关于小妹长相，社会上因他们兄妹的对诗，早有传闻。此时，这位公子便信以为真，只得退去作罢。

山抹微云秦学士

秦观和柳永都是苏东坡的好朋友。秦观，字少游，官至国史院编修，工诗善词，与黄庭坚、晁补之、张耒并称为“苏门四学士”。他有首《满庭芳》词这样写道：

山抹微云，天粘衰草，画角声断谯门。暂停征棹，聊共引离樽。多少蓬莱旧事，空回首、烟霭纷纷。斜阳外，寒鸦万点，流水绕孤村。

销魂，当此际，香囊暗解，罗带轻分。谩赢得、青楼薄倖名存。此去何时见也，襟袖上，空惹啼痕。伤情处，高城望断，灯火已黄昏。

词中首句写得特别传神，世人皆称佳句。意即远山被云遮掩，朦胧暗淡；近草衰败，秋容凄惨，有伤怀离别之意。因而时人称秦观为“山抹微云”，遂成了秦的绰号。

柳永，原名三变，后改名永，官至屯田员外郎。为人放荡不羁，终生潦倒。死后，群妓合金葬之。他有这样一首《破阵乐》词：

露花倒影，烟芜蘸碧，灵沼波暖。金柳摇风树树，系彩舫龙舟遥岸。千步虹桥，参差雁齿，直趋水殿。绕金堤，漫衍鱼龙戏，簇娇春罗绮，喧天丝管。霁色荣光，望中似睹，蓬莱清浅。

时见，凤辇宸游，鸾觞禊饮，临翠水、开镐宴。两两轻舠飞画楫，竞夺锦标霞烂。罄欢娱，歌鱼藻，徘徊宛转。别有盈盈游女，各委明珠，争收翠羽，相将归远。渐觉云海沉沉，洞天日晚。

词首句“露花倒影”为人们争相传诵，时人亦称柳永为“露花倒影”。

一次，苏轼、秦观、柳永三人同饮。至半酣，忽然，东坡诗兴大

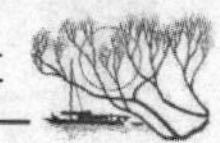

发，脱口将二人之官名及其绰号连缀成联：

山抹微云秦学士，
露花倒影柳屯田。

联语采用串组、用典、嵌名等手法，用其人之句戏评其人，俏皮滑稽。秦柳二人听后，皆仰面大笑，十分赞佩东坡的诙谐与敏捷。

东坡集句书妙联

苏东坡出任杭州通判期间，一年盛夏，他和黄庭坚同着便服到莫干山游玩。途中，到某寺庙小憩。

庙中主事见他俩衣着平常，便头也不抬地说了声“坐”，并对小和尚淡淡地说了声“茶”。

寒暄几句后，主事和尚发现他们谈吐文雅，出口不俗，觉着来者非等闲之辈。于是，示意他们到厢房“请坐”，并迅速吩咐小和尚“敬茶”。

过了一会儿，当他得知是大名鼎鼎的苏东坡来访时，立刻一反常态，恭恭敬敬地请他们到客厅休息，并躬身让道：“请上坐。”连声招呼小和尚“敬香茶。”

待东坡起身告辞时，主事和尚硬要他为其留下墨宝，以示留念。东坡有感于短暂一幕，挥毫写下如此一联曰：

坐，请坐，请上坐；
茶，敬茶，敬香茶。

面对此情此景，主事和尚羞愧难耐，尴尬地苦笑着不知如何是好。

一说此联为清代扬州八怪之一的郑板桥与寺院住持对。一说为清代大学士阮元告老还乡后，与一僧人对，只是略有区别，曰：

坐，请坐，请上坐；
茶，泡茶，泡好茶。

诗人老去莺莺在

北宋词人张先，字子野，湖州乌程（今浙江绍兴）人。仁宗天圣八年（1030年）进士。曾任吴江知县，官至都官郎中。晚年游憩乡里，为人放荡不羁，与晏殊、欧阳修、苏轼等交游。能诗善词，尤工乐府。所作较多采用慢词（依慢调填写的词）形式，多描写士大夫的诗酒生活和男女恋情、花月景色等。他曾因有“月破云来花弄影”“帘压卷花影”“堕轻絮无影”之句，世称张三影。

张先晚年退居乡间后，年逾八十，家中尚有歌伎。一次，东坡登门拜访他，忽来雅兴，赠联一副曰：

诗人老去莺莺在，

公子归来燕燕忙。

张先听后哭笑不得，知道苏轼将自己比作唐元稹《莺莺传》（即后来的曲剧《西厢记》）中爱拈花惹草的秀才张拱。但他并不反驳，而是提笔也题联一副，以表白自己的心境曰：

愁似鳏鱼知夜永，

懒同蝴蝶为春忙。

“鳏鱼”，大鱼。李时珍说：“即感鱼。其性独行，故曰鳏。”（见《本草纲目·鳞部》）此指丧偶的老人。

东坡透过言辞简练、对仗工稳的联句，形象地描绘了一个鳏寡老人的内心世界，同情之感油然而生。

有甚意头求富贵

北宋熙宁年间，某官为了快速升迁，不惜千方百计献媚当朝宰相。不久，果然得到晋升，达到了目的。

苏轼听说此事，遂作联嘲之曰：

有甚意头求富贵，

没些巴鼻使奸邪。

联中“意头”，即由头、主意。“巴鼻”，为来由、根据。“有甚意头”“没些巴鼻”，均为俗语。“意头”“巴鼻”相对，戏谐有趣。“富贵”“奸邪”相对，寓意深刻。

联语说，没有正当理由求取富贵，却靠奸邪手段得到升迁！俗语入联，正反相对，直指痛处，辛辣尖刻！

君子小人多乎哉

据《邵氏见闻录》载，宋代秦观（字少游）常以自己的胡须长得漂亮而自鸣得意。一日，他手捻胡须，笑对苏东坡出句道：

君子多乎哉！

东坡知其用意，抬眼瞟了他一下，轻声说道：

小人樊须也。

出句集孔子《论语·子罕篇》：“子闻之，曰：‘太宰知我乎？吾少也贱，故多能鄙事。君子多乎哉？不多也！’”原意为“君子会有这么多的技艺吗？不会多的”。联中“乎”谐“胡”，即“胡须”。

对句出自孔子《论语·子路篇》：“子曰：‘小人哉，樊须也！’”“樊须”，即樊迟。意即“樊迟是小人！”联中“樊须”，指茂密的胡须。

上下联皆为谐音、双关。闲时一乐，足见佳妙。

“弄獐”联讽李林甫

古时候，人们多以“弄璋”一词来表示对别人家生男孩子的祝贺。《诗·小雅·斯干》：“乃生男子，载寝之床，载衣之裳，载弄之璋。”郑玄注：“男子生而玩以璋者，欲其比德焉。”意即希望儿子将来有玉一样的品德。后因称生男为“弄璋”。

唐玄宗时，奸相李林甫曾写信祝贺他的一位亲戚生了儿子。然而，信中误将“弄璋”写成“弄獐”，成为千古笑柄。苏东坡提及此事时曾书联一副予以嘲讽曰：

甚欲去为汤饼客，

惟愁错写弄獐书。

一字之差，天壤之别。“璋”，为玉器。“獐”，为一种鹿科动物。人们常用“獐头鼠目”形容人的相貌丑陋，给人以狡猾之感。也许李林甫惯于狡诈多变，心术不正，故而不由得时时流露出来。但在此喜庆之日，出现如此错误，实在不该，理应予以嘲讽，以警后世。

戏谑歌伎舞翩跹

传说，苏东坡在一豪士家饮酒时，主人提出让十余丫环出来劝酒。其中有位擅长歌舞的丫环，名媚儿，身材高大，姿容美丽，看得出豪士特别喜爱之。

一阵轻歌曼舞后，那位名叫媚儿的丫环提出要东坡赠诗文。东坡正在兴头，因而并不推辞，联想她们刚才的歌舞演技，随即书写一副对联曰：

舞袖翩跹，影摇千尺龙蛇动；

歌喉婉转，声撼半天风雨寒。

丫环看后，羞涩得不知如何是好，在满堂的笑声中，悄然退去。

联语重点着眼于描述丫环的高大身材。“千尺”“半天”，均言其身高。“龙蛇动”“风雨寒”，极言其舞姿优美，使人震撼。褒中亦贬，文辞幽默，形象生动。

佛印水边寻蚌吃

《问答录》云：一日，东坡携宅眷游西湖，适见佛印临涧寻觅花纹小蚌。东坡想到一联，遂戏之曰：

佛印水边寻蚌吃。

佛印抬头见是好友苏轼及其家人，心中甚喜。几句招呼话后，微笑着冲东坡对道：

子瞻船上带家来。

东坡听后，多有不悦，本想走向佛印一起游玩，佛印此言一出，他便带领家人转向他处。佛印无可奈何地笑了笑，继续低头寻蚌。

原来，佛印以为他说的“蚌”是“棒”，所以有意识地对以“带家来”，谐“带枷来”。东坡知其用意，因而不欢而散。

山僧头上唤姑姑

苏东坡居黄州时，一日佛印来访，留宴东坡雪堂。恰巧，官妓月素匆忙赶来。东坡问她：“你来此何事？”月素说：“听说大人待客，特来侍宴。”东坡笑曰：“我有一令，道得出许坐，否则，请回。”随即吟道：

酒又香，肴又馨，不唤自来是青蝇。

不识人嫌生处恶，撞来楚上敢营营。

佛印接着说：

夜向晚，睡欲浓，不唤自来是蚊虫。

吃人嘴脸生来惯，愣腹贪图一饱充。

月素早有腹稿，佛印刚一住口，就接着说道：

绮筵张，日将暮，不唤自来是月素。

红裙一醉又何妨，未饮哽论文与句。

东坡见月素出口成章，令他喜出望外，遂请其入座，畅饮竟夕。席间，忽有斑鸠庭前鸣树，东坡出对曰：

斑鸠无礼，山僧头上唤姑姑。

佛印笑对曰：

白虱有情，少妇怀中叮奶奶。

月素笑着端起酒杯，让佛印连续喝了三杯……

掩鼻吟对戏苏辙

童年时的苏轼，读书十分用功。受之影响，小伙伴程建用、杨咨学习也非常刻苦。一年夏天，苏轼同弟弟苏辙正在家无聊难耐之时，程建用、杨咨来访。四人便在庭院玩耍起来。

不一会儿，乌云突变，天降大雨。他们便回屋内、檐下暂避。不甘寂寞的程建用建议大家对句。取得大家一致赞同后，他便指着庭院中的一棵松树出句道：

庭松偃盖如醉。

忽然，一阵凉风吹来，站在廊檐下的杨咨不由得打了个寒战。因此也启发了他。他由雨想到了凉，遂对道：

夏雨凄凉似秋。

东坡一旁说道："是的，凉似秋，秋生寒，难怪你打寒战！"

杨咨并未接他的话茬，而是打断他说："别光说了，快对句吧！"

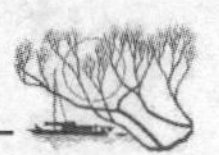

东坡止住话语，顺手拿起桌子上的馒头咬了一口。此时，站在门口望着风雨出神的苏辙，一手掩着鼻子，扭头斜视了他一眼。这使他想到东晋宰相谢安，因患有鼻炎，吟诗时带有鼻音。社会上的一些人经常模仿他，吟诗时捂着鼻子学他的鼻音。于是，他为开弟弟的玩笑，也捂着鼻子续道：

有客高吟拥鼻。

苏辙听到哥哥在取笑自己，即回头指着他手中的馒头，脱口道：

无人共吃馒头。

四人不约而同地笑了起来。

题赠篇

惟有朝云能识我

据《笑林广记》载，一天，苏东坡在家用完餐，抚摸着自己的肚皮问侍儿："你们说我的腹中是些什么？"一个奴婢赶忙说："都是文章。"东坡不以为然。另一个奴婢说："满腹尽是机巧。"东坡仍然摇头否定。身边的朝云说："是一肚皮不合时宜。"东坡听后哈哈大笑。

苏东坡的两个侍女朝云和暮雨，对他的文章道德、壮志抱负，深为钦佩，东坡视之为知音。谁知，朝云不幸早逝，令东坡悲痛不已，如失姊妹一般。曾亲书挽联曰：

不合时宜，惟有朝云能识我；

独弹古调，每逢暮雨倍思卿。

上联说"知我者，朝云也！"下联说，每当自己独弹古调寄托哀思时，看到侍立一旁的暮雨便更加思念朝云。联语巧嵌"朝云""暮雨"二人名，更增强了作者的真情实感，充分表达了作者对逝者的思念之情。

有说此联为清代严向樵挽姬人联，待考。

戏书春联赠挚友

据张邦基《墨庄漫录》载，苏东坡被贬黄州（今湖北黄冈）后，与王安石（字文甫）诗文交往不断，几成挚友。

一年除夕将近，东坡无事，又访安石。见其正在书写春联，便提笔戏书一联曰：

门大要容千骑入，

堂深不觉百男欢。

既是门联，就从“门”字写起。上联说门庭之大，要能容“千骑”涌入而畅通无阻；下联说堂府之深，有“百男”狂欢喧嚣而不觉嘈杂。联语虽有些夸张，但尽含褒义，给人以场面宽宏、人丁兴旺之感，更体现了诗文大家的胸襟和情怀。

有人说，苏轼在黄州属于贬官，即在政治上受管制的罪官，不可能任意离开贬官所在地，去会亲访友。待考。

发奋识遍天下字

苏东坡少年时，就十分喜爱读书，知识丰富，满腹经纶。因此，也渐渐骄傲自负，有些飘飘然。一天，他展纸书写下这样一副对联贴在门上：

识遍天下字，

读尽人间书。

过往行人看了，有的夸奖，有的赞叹，有的摇头，有的不以为然。一天，一位白发老者登门，手拿一本小书，说是向他求教。东坡心想，连老翁都前来拜访，说明自己学问已经不浅，心中甚是惬意。

老者把小书递过去，东坡迅速翻看了起来。不料，书上密密麻麻的字，他竟然连一个也不认识。刹那间，额头上汗涔涔直下，手足无措，不知说什么才好。此时，他意识到，准是自己的那副对联惹的祸，是自己有点狂妄自大了！想到这里，他忙向老翁作揖致谢：“晚生一时性狂，不知天高地厚。感谢尊翁指教，五内感激不尽。”老翁走后，苏东坡赶紧提笔重写了一副对联，把原来的对联续了四个字，贴在门上：

发奋识遍天下字，

立志读尽人间书。

从此，苏东坡闭门苦读，广闻博览，终于在学问上获得惊人成就，名列“唐宋八大家”，被世人公认为中国的大文豪。

三登庆历三人第

据叶梦得《石林燕语》载，宋代庆历年间，开封才子韩绛饱读诗书，聪明睿智，乡试、省试、殿试皆中第三名。熙宁年间，先后出任枢密副使、参知政事、宰相等职，连续得到四次升迁，人称“熙宁四辅”。韩绛为人正直，为官清廉，深得苏轼敬佩。韩绛去世时，东坡悲痛不已，作联以挽曰：

三登庆历三人第，

四入熙宁四辅中。

联语高度概括了韩绛连续三次登第、四次升迁的人生历程，更准确地将登第时间（庆历年间）和升迁年代（熙宁年间）嵌入联中，给人以清新亮丽、不可易人的感觉。据说，这是楹联史上第一副挽联，开了挽联之先河。

兄妹评改表兄联

一天，苏轼同小妹、苏辙同到表哥程之才家，祝贺其“娱心园”落成。程之才带着苏轼三兄妹游园。当他们行至“峨眉清音阁和一线天”的缩影景点“碧楼”假山旁时，程指着这里的一副自撰联请他们评说。联语这样写道：

银河送来双江会，

峨眉献出数峰青。

苏轼首先发话。他不客气地说："文似看山不喜平，诗若蛟龙惧水浅。联语失之平浅。"

程之才说："既然此联既平又浅，那么，请表妹表弟重拟一联如何？"

苏轼并不推辞，随口吟出一联曰：

峨山飞来奇峰异秀。

说罢，马上要求小妹续对下联。小妹并不谦让，旋即对道：

眉州新添妙谛清音。

二人之对鹤顶格嵌"峨眉"二字，且散嵌"峨眉清音"阁名。既赞美了峨眉山，又颂扬了清音阁，自然和谐。

他们说笑着继续行至"观鱼阁"前。此处可观山、可赏水、可戏鱼，是游玩的好去处！此时，程之才又提出请他们评鉴自己为阁上所题楹联：

面山如观峨眉月，

临水喜见戏鱼图。

苏轼手指上联，说："'如观峨眉月'似有不切。还让我和小妹凑一联吧！"说着吟道：

面山喜见百副锦。

小妹转眼对道：

临水漫赏千出戏。

谈笑间，忽见奇花异石，错落有序，原来这里是"点石斋"。门旁两行对联赫然醒目曰：

一石点出重重趣，

百景吟成字字诗。

程之才走近小妹说："妹妹看此联如何？"

小妹说："联语对仗工稳，无可挑剔；但内容有失偏颇。"说着，她抬手指了指盆景中间的那张精致棋桌："应该突出弈棋这个中心！"

程之才点头称是，并请提出高见。

小妹说：“上联就要先说弈棋了。”她这样出句道：

一棋兵法卫八疆，功成身退。

站在一旁的东坡早已有了腹稿。小妹话语刚落，他即以盆景之特点对道：

九州名山荟一堂，事在人为。

接着，他们来到解颐堂。这里是接待贵宾的会客大厅，只见正中挂着一副唐代刘禹锡《陋室铭》中的两句名言联：

谈笑有鸿儒，
往来无白丁。

程之才说：“这里正需要几副雅对，烦表妹表弟费心了。”

这时小妹指着墙壁上的一幅《岁寒三友图》说：“就照应着这个作文章吧！”随之吟道：

谈竹谈梅谈松柏。

东坡脱口对曰：

友直友谅友多闻。

程之才连连称赞了一番后，又邀他们为自己的其他景点题联。东坡为“青竹新月”题联道：

筛月牵诗兴，
盼鸟传知音。

小妹为“老树新梅”题联道：

雪消因花妍，
奇芳引蝶来。

至此，他们已将娱心园游览一遍，接近午饭时分，大家这才尽兴而返。

带雨桑麻随意绿

黄安（今湖北红安）有个寺庙叫桃花大寺（后改为桃花道观），始建于北宋年间。气势恢宏，游人如织。

一次，苏东坡去拜访隐居在桃花洞的好友陈慥，二人同游桃花大寺。其间，大寺住持闻讯后急忙赶来，请求东坡为寺院题联，陈慥也力劝他题字留念。东坡并不推辞，他环视一周，注视着香火旺盛的殿堂，欣然命笔：

菼草田边，带雨桑麻随意绿；

桃花洞口，入堂灯火万年红。

联语从寺外寺内两方面入手，酣畅地展现了绿野田畴、桑旺麻盛的葱茏景象；会心地祝愿桃花大寺，香火不断，兴盛万年！

围观的众僧齐声为这飘香的联语叫好，更祈祷桃花大寺如联意、称人意，灯火辉煌，光照千秋！

住持很快将之雕刻，醒目地悬挂在寺门上。遗憾的是，桃花大寺在日本侵略中国时被焚毁，再也见不到它那瑰丽的尊容，唯有那伤心的遗址铭记着曾经辉煌的历史。

乌龟寿联乐舅翁

苏东坡舅舅七十大寿时，人们为其举行了盛大庆典。当地豪绅贤士、亲朋好友，纷纷携礼、制联祝贺。

东坡也送去了贺联。悬挂时，舅舅要求将其他嘉宾的贺联挂在正中，但来宾一致要求把东坡的大作挂在中央。最后，舅舅拗不过众宾朋，只得把东坡的寿联挂了上去。

然而，这一挂，却使大家吃惊不小。原来，他的寿联上只写了四个大字："真、老，乌、龟。"尽管如此，一些善于拍马献媚的政客还是极尽吹捧之能事。说什么："东坡大学士，乃当今文坛魁首，才华无与伦比。"有的虽不知其意，但对他的苍劲有力的书法却赞不绝口。可更多的人心中直犯嘀咕："外甥怎么能跟舅舅开玩笑呢？""龟"，虽有长寿的象征，但直言"真老乌龟"，似有不妥。

正待大家议论之间，只见大门外走进一人，他径直走到大厅中央，抱拳正言道："东坡来迟，万望见谅。所作寿联尚未完成，待我续来。"

只见东坡眉飞色舞，笔走龙蛇，刹那间，一副雄浑有力、情文并茂的贺联悄然天成：

真真君子，乌纱盖顶；

老老大人，龟鹤之龄。

人们看后，满堂喝彩，一片掌声。一个个投去敬慕的眼光，老寿星也愉快地笑开了花。

自题堂联尚名节

苏东坡被贬黄州任团练副使后，便选址东坡，筑室其上，建设家园。因此，自号"东坡居士"。所建堂舍于隆冬季节，在漫雪飞舞中落成，故取名"雪堂"。并集《宋史·卢秉传》语为堂联：

台榭如富贵，时至则有；

草木似名节，久而后成[1]。

苏轼曾说："功名在晚节者正多，如弈棋只需大段用意，终局时自胜也。"联语表达了东坡蔑视权贵、崇尚名节的人生态度。同时也流露出因政见不同外放遭贬的愤愤不平。立意新颖，哲理深蕴，引人遐思。

[1]《宋史·卢秉传》中有："亭沼如爵位，时来或有之；林木非培植根株弗成，大似士大夫立名节也。"

东坡自题自诫联

苏轼外放杭州做通判后，因时时想着那些“新法”的过激政策，当他看到“青苗法”在执行过程中出现官吏强迫农民借钱，后又开设赌场、妓院，千方百计再设法将钱捞回的丑恶行径，不禁怒上心头，奋笔作诗道：

杖藜裹饭去匆匆，过眼青钱转手空。

赢得儿童语音好，一年强半在城中。

可是，这首诗得罪了那些靠实施新法青云直上的新贵。他们借机打压苏轼，对其严加拷问了一百余天，这就是有名的“乌台诗案”。后因湖州、杭州百姓祈福，前太子少师张方平、前吏部侍郎范镇等官吏上疏求情，加之神宗喜爱他的文学及曹太后（神宗祖母）的说情，最后给了他一个“讥讽政事”的罪名。神宗元丰二年（1079年）十二月二十八日，贬他到黄州（今湖北黄冈）任团练副使。这是个无职无权又受地方官监管的虚职。

苏轼刚到黄州时，暂居在定惠院里，天天和僧人一起吃饭。好友马正卿替他在城东营防争取了废弃地数十亩，让他耕种、造屋，维持一家吃住生计。一年后，他在东坡旁筑了一间书斋，命名为“东坡雪堂”。从此，自号“东坡居士”，并自书一联自诫曰：

北客若来休问事，

西湖虽好莫题诗。

联语旨在告诫自己要少问政事，不要再写诗抒情表意，免得再次招惹祸端。

实际上，作为一代文豪，他怎能不写诗吟对作文章呢？不过稍敛锋芒罢了。

庙貌齐天景常新

许昌天宝宫位于许昌市西北25公里的许昌县艾庄村北。占地面积两万余平方米，坐北朝南。中轴线上原有建筑依次为山门、拜亭、岳王殿、关圣殿、玉皇殿、雷祖殿、真武殿。

苏轼游天宝宫时，应住持所邀，曾为之题了这样一副对联：

庙貌与天齐，云去云来风不定，无异空中楼阁；

画工从地起，花开花谢景常新，真乃仙境蓬莱。

出句重在写“庙貌”，用“与天齐”极言其高大雄伟。“云去云来”，指其高耸入云，若隐若现，有如在天上，入云端。因此，作者发出“无异空中楼阁”之慨叹，令人回味。

下句则着眼于天宝宫的建筑精巧，画技高超，装饰得五彩缤纷，艳丽多姿，犹如“仙境蓬莱”。

联语构思缜密，活泼文雅，前后呼应，上下协调，给人以天宝宫宏伟雄浑、华丽典雅之感，充分抒发了作者的赞美之情。

天上楼台山上寺

清代施润章《蠖斋诗话》载，江西吉水城东南有座龙济寺，系当地一处名胜。苏东坡被贬岭南去惠州时，曾路过该寺。当时，寺僧闻知大名鼎鼎的苏东坡到来，便殷勤地忙前跑后、请坐献茶。最后，恳求东坡为寺院题联。

东坡看到他们热情周到的服务，心情很好，遂稍加构思，提笔书联一副曰：

天上楼台山上寺，

云边钟鼓月边僧。

“天上楼台”，言其高也；“云边钟鼓”，言其远也。同时，“山上寺”“月边僧”，又说其“寺”“僧”远离尘世也！联语采用夸张手法，描述了龙济寺的高深莫测和钟鼓声的空旷久远，给人以意境深远、禅趣盎然的感觉。

有人说，此为东坡诗中一联，然未见全篇。

什锦篇

一字改活甘露联

苏东坡不仅与文学家、政治家王安石交往甚多，而且与其弟弟王安国也有颇多唱和。

一次，王安国（字平甫）很自信地对苏轼说，近日我为甘露寺山门写了一副对联：

平地风烟飞白鸟，
半山云水卷苍藤。

联语从山门所对的“平地”着笔，同时落脚“半山”，展现了平地的“风烟”“白鸟”和山冈的“云水”与“苍藤”，给人以万木葱茏、百鸟争鸣之感，勾勒了一幅山水和谐、生态文明的景象。

苏轼对于联语的架构、意境无可挑剔。但对上联中的“飞”字提出疑义。他认为下联的“卷”字用得很活，而“飞”字用得呆板无力。于是，应王安国的请求，东坡建议改“飞”为“翻”。“翻”，不仅有飞翔意，而且有“舞动”貌。这样，联语变成：

平地风烟翻白鸟，
半山云水卷苍藤。

王安国连续读了几遍，觉着这样更增加了联语的动感，显然较原联更胜一筹。因此，更加佩服苏东坡的学识。

爷仨巧吟限字诗

一天傍晚，苏洵在后花园踱步间，看到潺潺流水和随晚风飘来的阵阵花香，忽然诗兴大发，心想："何不呼儿唤女一同吟诗答对？"于是，差人把儿子东坡、女儿小妹叫来，提出要同他们一起吟限字诗。他说："我们每人都要用'冷''香'二字吟两句诗，且要把此二字放在两句诗的末尾，看谁作得又好又快！"

父亲苏洵首先吟道：

水向石边流出冷，
风从花间过来香。

小妹瞟了一眼哥哥："哥哥思维敏捷，出口成章，还请哥哥先来。"东坡笑了笑，并不推辞，随即吟道：

拂石坐来衣带冷，
踏花归去马蹄香。

小妹听了父兄的诗句，两相比较，觉着父亲之句过于平淡通俗，哥哥之句虽说略胜一筹，但也算不得雅。然而，怎样叙述才能达到高雅精妙呢？正思忖间，突然远处传来几声杜鹃的啼叫之声，聪敏伶俐的她，脱口说道：

叫月杜鹃喉舌冷，
宿花蝴蝶梦魂香。

父兄听后，交口称赞，一致认为小妹的诗句意境广远，余味悠长。

汝作牛医余为农

东坡被贬黄州后，在朋友的帮助下，获得数十亩荒田，并自行耕种。一天，他的耕牛忽然生病，请来的兽医说，不能医治。站在一旁的夫人王闰之（字季璋）说："牛发豆斑，可否煮些青蒿粥喂它？"

没办法，只得如法炮制，冒死一试。谁知，牛食后很快痊愈。

苏轼高兴地说：

汝乃能作牛医耶？
余真堪为老农矣！

后来，东坡把这次给牛治病之事告诉了章子厚。子厚诙谐地说："我本想留你多谈一会儿，又怕被人家说我是从牛医那里来的，你还是快走吧！"两人大笑而别。

《紫桃轩杂缀》据此载一妙联：

黄鲁直善相犬，
苏子瞻能医牛。

黄鲁直，即黄庭坚，字鲁直。

梦中靴铭惊上御

一日，苏轼做一梦，梦见当朝皇上神宗召之入殿。只见殿上宫女成群，妖艳多姿。转眼间，一红衣少女手捧红靴一只飘然而至，且命东坡以诗联铭记之。东坡不敢怠慢，提笔写道：

寒女之丝，铢积寸累；
天步所临，云蒸雷起。

书毕，马上进呈御览。神宗看后，极赞其敏思。随后命宫女把东坡送出禁宫。忽然，东坡看见那宫女的裙子上，正写着他此前在梦中应唐明皇之诏为杨贵妃作的《太真妃裙带词》：

百叠漪漪水皱，六铢纵纵云轻。

植立含风广殿，微闻环佩摇声。

怎么唐朝的贵妃又变成宋朝的宫女了？梦中就是这样，很多事是纠缠不清的。

公素虽病亦风雅

苏东坡与孙公素同朝为官，常有来往。孙公素非常惧内，时人皆知。一次，东坡前去拜访，公素提出让东坡题扇。东坡不加考虑，提笔写道：

披扇当年笑温峤，握刀晚岁战刘郎。

不须戚戚如冯衍，但与时时说李阳。

据说，孙公素之妻"性极妒悍"，令人望而生畏。一次，孙公素大病一场，好友赵德麟多次探访安抚。数日后，东坡见到他时问道："听说你最近去看孙公素，他的病情如何？"赵说："好了许多。"东坡说：

这汉病中瘦则瘦，俨然风雅。

后来，东坡见到孙后，又重复了这句话。公素即曰：

那娘意下恨则恨，无奈思量。

听到这等对句，东坡感到十分惊奇！

述古集句难东坡

苏轼任杭州通判期间，一年冬天突降大雪，东坡忽来游兴，便邀杭州知州陈述古同游西湖。

苏轼同陈述古同年同月同日生，两人相交甚好。此时，他们一面饮酒论古今，一面赏景吟佳对。当他们游至刚修好的苏堤附近时，陈述古突然吟起了唐代大诗人柳宗元的《江雪》诗：

千山鸟飞绝，万径人踪灭。

孤舟蓑笠翁，独钓寒江雪。

吟毕说："我有个出句，并以此为谜面，请你猜一首唐诗的上半句。"这个出句是：

万径人踪灭。

东坡听后，不由一震。心想："在浩如烟海的唐诗中，这样寻句和对句是相当困难的。"尽管如此，但他还是认真思索起来。

陈述古在一旁悠然自得地饮着酒，东坡只得左顾右盼地寻找着对句的灵感。忽见一只飞鸟从岸边的树枝间飞向天空，他脱口道：

一鸟上青天。

陈述古未等东坡住口，便击掌叫绝。

原来，他俩说的谜面和谜底皆是杜甫《绝句》诗中的第二句：

"一行白鹭上青天。"

陈述古出句是说因为有"一行白鹭"，所以"万径人踪灭"。而东坡所对即为下半句"上青天"。两个谜语相互联系，相互衔接，顺理成章，自然天成。

千山万谷一梦中

苏轼于绍圣四年（1097年）由惠州再贬海南岛，任琼州别驾（州刺史的佐吏），居儋耳（今儋州市）。在由琼州（治今琼山市南）赴儋耳的途中，年已六十二岁的苏东坡，坐在简陋的轿子上，沿途感受了海南的奇异景色。他在不知不觉中打了个盹儿，梦中再现了所见所闻，浮想联翩，遂成一联：

千山动鳞甲，
万谷酣笙钟。

醒后，东坡诗兴大增，一口气写下两首长诗。第一首为《行琼、儋间，肩舆坐睡，梦中得句云：千山动鳞甲，万谷酣笙钟。觉而遇清风急雨，戏作此数句》：

四州环一岛，百洞蟠其中。我行西北隅，如度月半弓。
登高望中原，但见积水空。此生当安归，四顾真途穷。
眇观大瀛海，坐咏谈天翁。茫茫太仓中，一米谁雌雄。
幽怀忽破散，永啸来天风。千山动鳞甲，万谷酣笙钟。
安知非群仙，钧天宴未终。喜我归有期，举酒属青童。
急雨岂无意，催诗走群龙。梦云忽变色，笑电亦改容。
应怪东坡老，颜衰语徒工。久矣此妙声，不闻蓬莱宫。

东坡哑对半边山

传说，清代广东学政李调元，一天和几个幕友外出郊游。他们一行走到一个偏僻地方，只见一边是峭壁，一边是悬崖，路边立着一块石碑，上面赫然题着一比的上联：

半边山，半边路，半溪流水半溪涸。

此时，有人说：“这是岭南当地的一比绝对。当年，大学士苏东坡看后仅问了句‘一块碑，只一行字？就一句上联？’就头也不抬地走了。”遂有人提议：“学政博学多识，定能补出下联。”

李调元只是笑而不答。待有人继续追问时，他说：“东坡大学士早已对出，何劳我们！”众人大惑不解。李调元随即一句一顿地吟道：

一块碑，一行字，一句成联一句虚。

大家望了下碑，又看了下李调元，想到当年东坡的问话，忍不住哈哈大笑。原来，几百年谁也没有破解苏大学士的这比哑联，是李调元为他揭开了谜底，着实令人钦佩。

且尽卢仝七碗茶

苏东坡一生爱茶，且很会品茶，深知茶之功用。一次，他于病中游览了净慈、南屏、惠昭、小昭庆诸寺。晚上，又到孤山去拜谒慧勤禅师。在他那里，连续喝了七碗好茶，身体顿觉轻松了许多，病也因此不治而愈。

病愈后，他有感于七碗好茶之功效，便作了一首《游诸佛舍，一日饮酽茶七盏，戏书勤师壁》诗：

示病维摩元不病，在家灵运已忘家。
何须魏帝一丸药，且尽卢仝七碗茶。

“魏帝一丸药”，化用魏文帝曹丕诗：

与我一丸朗，光耀有五色。
服之四五日，身体生羽翼。

“卢仝七碗茶”，指唐代卢仝《走笔谢孟谏议寄新茶》诗：

一碗喉吻润，二碗破孤闷。三碗搜枯肠，惟有文字五千

卷。四碗发轻汗，平生不平事，尽向毛孔散。五碗肌骨清，六碗通仙灵。七碗吃不得也，唯觉两腋习习清风生。

后来，不少聪明的茶店老板都借用东坡诗中的后两句作为门联：

何须魏帝一丸药，
且尽卢仝七碗茶。

茶店以此名人名联吸引顾客，招揽生意，可谓聪明透顶也！

遇赦北归释愤怀

据《耆旧续闻》载，苏轼由海南儋州遇赦北归，在上书的谢表中曾这样写道：

七年远谪，不意自全；
万里生还，适为天幸。

这是副集字联，语出班固《汉书》。联虽工巧简洁，内容却包含了令作者十分痛心的悲惨故事。回忆起来，不堪回首。

苏东坡在文学上声名显赫，政治上却仕途坎坷，屡遭不幸。他为人坦荡，了解民间疾苦，积极支持王安石的改革变法。但对王安石的一些过激主张，却并不赞同，这引起了变法派官僚们的嫉恨。神宗元丰二年（1079年）八月，他因写诗影射新法获罪赴御史台狱，史称“乌台诗案”。十二月二十九日，被贬为水部员外郎、黄州团练副使。自此，过起“故人不复通问讯，疾病饥寒疑死矣”的凄凉生活。后又被贬海南，直到宋徽宗登基，大赦天下，苏东坡才结束颠沛流离的生活，获得自由。这副对联便是他这段痛苦经历的真实写照。

苏东坡年谱

1岁　北宋仁宗景祐三年十二月十九日（1037年1月8日），出生于四川眉州眉山（今眉山市）一个中等生活水平的家庭。

2岁　出生百日后，于景祐四年春，母亲程氏为之起乳名“和仲”。

6岁　入私塾读书。塾师为道士。

10岁　能书写出奇的诗句。

11岁　进入中等学校，准备科举考试。

19岁　至和元年（1054年），娶王弗（16岁）。

22岁　嘉祐二年（1057年）四月，与弟弟苏辙同科进士及第。

当月，母亲去世，回家服孝（1057.4—1059.7）。

24岁　嘉祐四年（1059年）十月，举家同迁京都，次年二月抵开封。

26岁　嘉祐六年（1061年）十一月，诏命大理寺评事，签书凤翔府判官，有权连署奏折公文。

30岁　治平二年（1065年）二月，自凤翔返京，任职史馆。

九月，妻子王弗病逝，年仅26岁。遗子苏迈6岁。

31岁　治平三年（1066年）四月，父亲病逝。兄弟二人辞官守丧服孝。同时把父亲和妻子王弗的灵柩运回四川眉山故里。服孝两年零三个月（1066.4—1068.7）

33岁　神宗熙宁元年（1068年）十月，续娶王闰之（21岁，王弗堂妹）。十二月返京。

34岁　熙宁二年（1069年）二月到京。

八月，因《青苗法》与宰相王安石发生分歧，调任他为河南府推官。十二月，上书神宗，对王安石新法提出全面批评。

35岁　熙宁三年（1070年）七月，任告院权开封府推官，主持开封府乡试。因出题《论独断》，激怒王安石。

36岁　熙宁四年（1071年）一月，改任奏院监官。

七月，任杭州通判（第一次在京做官的经历结束）。

37岁　熙宁五年（1072年）六月间，在杭州买朝云，朝云时年十二岁。

39岁　熙宁七年（1074年）五月，任密州（今山东诸城市）知州。

41岁　熙宁九年（1076年）十二月，改任山西河中府，未到任。

42岁　熙宁十年（1077年）正月，任徐州知州，四月二十一日到任。

44岁　元丰二年（1079年）三月，任湖州知州。七月二十八日因“乌台诗案”被捕。八月二十八日入御史台监狱。

十二月二十九日出狱，责受检校水部员外郎、黄州团练副使、黄州居住，无权签署公文。

45岁　元丰三年（1080年）正月初一，赴黄州，二月初一到达。

七月，纳朝云为妾。

46岁　元丰四年（1081年）二月，购买东坡营房废地数十亩耕种。自号“东坡居士”。

47岁　元丰五年（1082年），建“东坡雪堂”。

48岁　元丰六年（1083年）九月，朝云生儿子“干儿”，名遁。

49岁　元丰七年（1084年）四月，诏命移居汝州。

五月，在赴金陵途中，干儿（遁）夭亡。

50岁　元丰八年（1085年）二月，诏命住常州。

六月，赴任登州知州，十月十五日到任。

十月二十日，诏命任礼部郎中。十二月到京，升任起居舍人。

51岁　哲宗元祐元年（1086年）三月，任中书舍人。

八月，任翰林学士兼中书舍人、翰林学士知制诰。

53岁　任翰林学士知制诰兼哲宗侍读。

元祐三年（1088年）正月，权知礼部贡举。

54岁　元祐四年（1089年）七月，任杭州太守兼浙西军区钤辖。

56岁　元祐六年（1091年）一月，任吏部尚书。

八月，任龙图阁大学士兼颍州知州。

57岁　元祐七年（1092年）三月，任扬州知州。苏迈在外地做官。

九月至十月，任兵部尚书。

十一月，任礼部尚书。

58岁　元祐八年（1093年）八月，任定州知州。十月到任。

八月初一，妻子王闰之病逝。九月初三，高太后去世。

59岁　绍圣元年（1094年）四月任英州知州。途中改任建昌司马、惠州安置，不得签署公事。九月翻越大庾岭，十月初二到惠州。

61岁　绍圣三年（1096年）春，朝云患瘴疫，七月十五去世，年仅34岁。

62岁　绍圣四年（1097年）闰二月，再贬海南岛。四月出发，七月到儋州。

65岁　元符三年（1100年）七月，改贬廉州，又改任舒州团练副使、永州安置。途中，诏命恢复朝奉郎职务。

十一月到达英州时，诏命恢复朝奉郎提举成都玉局观，自由居住。

66岁　建中靖国元年（1101年）正月，过大庾岭北上，途中患病。

六月十五日到达常州。七月十五日病情恶化。

七月二十日，诏命以本官致仕。

七月二十八日去世。

★去世第二年，苏辙葬兄于汝州（属河南省）郏城县钧台乡上瑞里嵩阳峨眉山上。

东坡先生墓志铭

苏 辙

予兄子瞻，谪居海南四年，春正月今天子即位，推恩海内，泽及鸟兽，夏六月，公被命渡海北归，明年舟至淮浙，秋七月被病卒于昆陵。吴越之民相与哭于市，其君子相与吊于家。讣闻四方，无贤愚皆咨嗟出涕，太学之士数百人相率饭僧惠林佛舍。呜呼！斯文坠矣，后生安所复仰？公始病，以书属辙曰："即死，葬我嵩山下，子为我铭。"辙执书哭曰："小子忍铭吾兄！"

公讳轼，姓苏氏，字子瞻，一字和仲，世家眉山。曾大父讳杲，赠太子太保，妣宋氏追封昌国太夫人；大父讳序，赠太子太傅，妣史氏追封嘉国太大人；考讳洵，赠太子太师，妣程氏追封成国太夫人。公生十年，而先君宦学四方，太夫人亲授以书，闻古今成败辄能语其要。太夫人尝读东汉史，至范滂传，慨然太息，公侍侧曰："轼若为滂，夫人亦许之否乎？"太夫人曰："汝能为滂，吾顾不能为滂母耶？"公亦奋厉有当世志。太夫人喜曰："吾有子矣！"比冠，学通经史，属文日数千言。

嘉祐二年，欧阳文忠公考试礼部进士，疾时文之诡异，思有以救之。梅圣俞时与其事，得公论刑赏以示文忠，文忠惊喜以为异人，欲以冠多士，疑曾子固所为子固，文忠门下士也乃寘公第二，复以春秋对义居第一，殿试中乙科。以书谢诸公，文忠见之，以书语圣俞曰："老夫当避此人，放出一头地！"士闻者始哗不厌，久乃信服。

丁太夫人忧。终丧，五年，授河南福昌主簿，文忠以直言荐之秘阁。试六论，旧不起草，以故文多不上；公始具草，文义粲然，时以为难。比答制策，复入三等，除大理评事，签书凤翔府判官。长吏意公文人，不以吏事责之，公尽心其职，老吏畏服。

关中自元昊叛命，人贫役重，岐下岁以南山木筏自渭入河，经砥柱之险，衙前以破产者相继也。公偏问老校曰："木筏之害本不至此，若河渭未涨，操筏者以时进止，可无重费也。患其乘河渭之暴，多方害之耳。"公即修衙规，使衙前得自择水工，筏行无虞，乃言于府，使得系籍，自是衙前之害减半。

治平二年，罢还判登闻鼓院。英宗在藩闻公名，欲以唐故事召入翰林；宰相限以近例，欲召试秘阁。上曰："未知其能否，故试；如苏轼，有不能耶！"宰相犹不可。及试二论，皆入三等，得直史馆。

丁先君忧。服除，时熙宁二年也，王介甫用事，多所建立，公与介甫议论素异，既还朝，寘之官告院。四年，介甫欲变更科举，上疑焉，使两制三馆议之。公议上，上悟曰："吾固疑此，得苏轼议，意释然矣。"即日召见，问："何以助朕？"公辞避，久之乃曰："臣窃意陛下求治太急、听言太广、进人太锐，愿升下安静以待物之来，然后应之。"上悚然听受，曰："卿三言朕当详思之。"介甫之党皆不悦，命摄开封推官，意以多事困之，公决断精敏，声闻益远。会上元，有旨市浙灯，公密疏："旧例无有，不宜以玩好示人。"即有旨罢。殿前初策进士，举子希合，争言祖宗法制非是，公为考官，退拟答以进，深中其病。自是，论事愈力，介甫愈恨。御史知杂事者，乃诬奏公过失，穷治无所得，公未尝以一言自辩，乞外任避之，通判杭州。

是时，四方行青苗、免役、市易，浙西兼行水利盐法。公于其间，常因法以便民，民赖以少安。高丽入贡使者凌蔑州郡，押判使臣皆本路莞库，乘势骄横，至与铃辖亢礼，公使人谓之曰："远夷慕名而来，理必恭顺，今乃尔暴恣，非汝导之，不至是也！不俊，当奏之。"押伴者惧，为之小戢。使者发币于官吏，书称甲子公，却之曰："高丽于本朝称臣，而不禀正朔，吾安敢受！"使者亟易书称熙

宁，然后受之，时以为得体。吏民畏爱，及罢去，犹谓之学士，而不言姓。

自杭徙知密州。时方行手实法，使民自疏财产以定户等，又使人得告其不实，司农寺又下诸路，不时施行者，以违制论。公谓提举常平官曰：“违制之坐，若自朝廷，谁敢不从？今出于司农，是擅造律也，若何？”使者惊曰：“公姑徐之。”未几，朝廷亦知手实之害，罢之，密人私以为幸。郡尝有盗，窃发而未获，安抚转运司忧之，遣一三班使臣领悍卒数千人入境捕之，卒凶暴恣行，以禁物诬民，入其家争鬭至杀人，畏罪惊散欲为乱，民诉之，公投其书不视，曰：“必不至此。”溃卒闻之少安。徐使人招出，戮之。

自密徙徐。是岁河决曹村，泛于梁山泊，溢于南清河，城南两山环绕，吕梁百步扼之汇于城下，涨不时泄，城将败。富民争出避水，公曰：“富民若出，民心动摇，吾谁与守？吾在，是水决不能败城！”驱使复入。公履屦杖，策亲入武卫营，呼其卒长，谓之曰：“河将害城，事急矣，虽禁军，宜为我尽力卒！”长呼曰：“太守犹不避涂潦，吾侪小人效命之秋也！”执梃入火伍中，率其徒短衣徒跣，持畚锸以出筑东南长堤，首起戏马台，尾属于城。堤成，水至堤下，害不及城，民心乃安。然雨日夜不止，河势益暴，城不沈者三板，公庐于城上，过家不入，使官吏分堵而守，卒完城以闻。复请调来岁夫，增筑故城，为木岸以虞水之再至。朝廷从之。讫事，诏褒之，徐人至今思焉。

徙知湖州，以表谢上。言事者摭其语以为谤，遣官逮赴御史狱。初公既补外，见事有不便于民者，不敢言、亦不敢默视也，缘诗人之义，托事以讽，庶几有补于国，言者从而媒孽之。上初薄其过，而浸润不止，至是不得已从其请。既付狱，必欲寘之死，锻链久之不决，上终怜之。促具狱，以黄州团练副使安置。公幅巾芒屩，与田父野老相从溪谷之间，筑室于东坡，自号东坡居士。

五年，上有意复用，而言者沮之。上手札徙汝州，略曰：“苏轼黜居思咎，阅岁滋深。人才实难，不忍终弃。”未至，上书自言有饥寒之忧，有田在常，愿得居之。书朝入，夕报可，士大夫知上之卒喜公也。会晏驾，不果复用。

至常，以哲宗即位，复朝奉郎，知登州。至登，召为礼部郎中。公旧善门下侍郎司马君实及知枢密院章子厚二人冰炭不相入，子厚每以谑侮困君实，君实苦之，求助于公。公见子厚曰：“司马君实时望甚重，昔许靖以虚名无实见鄙于蜀先主，法正曰：‘靖之浮誉，播流四海，若不加礼，必以贱贤为累。’先主纳之，乃以靖为司徒。许靖且不可慢，况君实乎！”子厚以为然，君实赖以少安。既而朝廷缘先帝意欲用公，除起居舍人。公起于忧患，不欲骤履要地，力辞之，见宰相蔡持正，自言。持正曰：“公徊翔久矣，朝中无出公右者。”公固辞，持正曰：“今日谁当在公前者？”公曰：“昔林希同在馆中，年且长。”持正曰：“希固当先公耶？”卒不许，然希亦由此继补记注。元祐元年，公以七品服入侍延和，即改赐银绯，二月迁中书舍人。

时君实方议改免役为差役。差役行于祖宗之世，法久多弊，编户充役，不习府官，吏虐使之，多以破产，而狭乡之民，或有不得休息者。先帝知其然，故为免役，使民以户高下出钱，而无执役之苦。行法者不循上意，于雇役实费之外取钱过多，民遂以病，若量出为入，毋多取于民，则足矣。君实为人忠信有余而才智不足，知免役之害而不知其利，欲一切以差役代之。方差官置局，公亦与其选，独以实告，而君实始不悦矣。尝见之政事堂，条陈不可，君实愤然。公曰：“昔韩魏公刺陕西义勇，公为谏官，争之甚力，魏公不乐，公亦不顾。轼昔闻公道其详，岂今日作相，不许轼尽言耶？”君实笑而止。公知言不用，乞补外，不许，君实始怒，有逐公意矣。会其病卒，乃已。时台谏官多君实之人，皆希合以求进，恶公以直形己，争求公瑕

疵，既不可得则因缘熙宁谤讪之说以病公，公自是不安于朝矣。

寻除翰林学士。二年，复除侍读，每进读至治乱盛衰邪正得失之际，未尝不反复开导，觊上有所觉悟。上虽恭默不言，闻公所论说，辄首肯喜之。三年，权知礼部贡举，会大雪苦寒，士坐庭中，噤不能言。公宽其禁约，使得尽其技。而巡铺内臣伺其坐起，过为凌辱，公以其伤动士心，亏损国体，奏之，有旨送内侍省挞而逐之，士皆悦服。尝侍上读祖宗宝训，因及时事，公历言今赏罚不明，善恶无所劝沮，又黄河势方西流而强之使东，夏人寇镇戎杀掠几万人，帅臣掩蔽不以闻朝廷亦不问事，每如此恐寖成衰乱之渐。当轴者恨之，公知不见容，乞外任。

四年，以龙图阁学士知杭州。时谏官言前宰相蔡持正知安州，作诗，借郝处俊事以讥刺时事，大臣议逐之岭南。公密疏言朝廷："若薄确之罪则于皇帝孝治为不足，若深罪确则于大皇太后仁政为小累。"谓宜皇帝降敕置狱逮治，而太皇太后内出手诏赦之，则仁孝两得矣。宣仁后心善公言，而不能用。公出郊，未发，遣内侍赐龙茶、银合，用前执政恩例，所以慰劳甚厚。

及至杭，吏民习公旧政，不劳而治。岁适大旱，饥疫并作，公请于朝免本路上供米三之一，故米不翔贵；复得赐度僧牒百，易米以救饥者。明年方春，即减价粜常平米，民遂免大旱之苦。公又多作饘粥药剂，遣吏挟医，分坊治病，活者甚众。公曰："杭，水陆之会，因疫病死比他处常多。"乃裒羡缗，得二千，复发私橐得黄金五十两，以作病坊，稍畜钱粮以待之，至于今不废。是秋复大雨，太湖汎溢害稼。公度来岁必饥，复请于朝，乞免上供米半；又多乞度牒，以籴常平米，并义仓所有，皆以备来岁出粜。朝廷多从之，由是吴越之民复免流散。

杭本江海之地，水泉咸苦，居民稀少。唐刺史李泌始引西湖水作六井，民足于水，故井邑日富；及白居易复浚西湖，放水入运河，自河入田，所溉至千顷。然湖水多葑，自唐及钱氏，岁辄开治，故湖水足用；近岁废而不理，至是湖中葑田积二十五万余丈，而水无几矣。运河失湖水之利，则取给于江潮，潮浑浊多淤，河行阛阓中，三年一淘，为市井大患，而六井亦几废。公始至，浚茅山盐桥二河，以茅山一河专受江潮、以盐桥一河专受湖水，复造堰闸以为湖水畜泄之限，然后潮不入市；且以余力复完六井，民稍获其利矣。公间至湖上，周视良久，曰："今欲去葑田。葑田如云，将安所寘之？湖南北三十里，环河往来终日不达，若取葑田积之湖中为长堤以通南北，则葑田去而行者便矣。吴人种菱，春辄芟除，不遗寸草，葑田若去，募人种菱收其利，以备修湖，则湖当不复湮塞。"乃取救荒之余，得钱粮以贯石数者万；复请于朝，得百僧度牒以募役者。堤成，植芙蓉杨柳其上，望之如图画，杭人名之"苏公堤"。

杭僧有净源者，旧居海滨，与舶客交通牟利，舶至高丽，交誉之。元丰末其王子义天来朝，因往拜焉，至是源死，其徒窃持其画像，附舶往告义天，亦使其徒附舶来祭。祭讫，乃言国母使以金塔二祝皇帝、太皇太后寿。公不纳而奏之曰："高丽久不入贡，失赐予厚利，意欲来朝，以未测朝廷所以待之薄厚，故因祭亡僧而行祝寿之礼，礼意鲜薄盖可见矣。若受而不答则远夷或以怨怒，因而厚赐之，正堕其计。臣谓朝廷宜勿与知，而使州郡以理却之。然庸僧猾商敢擅招诱外夷，邀求厚利，为国生事，其渐不可长，宜痛加惩创。"朝廷皆从之。未几，高丽贡使果至，公按旧例使之，所至吴越七州实费二万四千余缗，而民间之费不在，乃令诸郡量事裁损。比至，民获交易之利而无侵扰之害。

浙江潮自海门东来，势如雷霆，而浮山峙于江中，与渔浦诸山犬牙相错，洄洑激射，岁败公私船不可胜计。公议自浙江上流，地名石门，并山而东，凿为运河，引浙江及谿谷诸水二十余里以达于江；又并山为岸，不能十里以达于龙山之大慈浦，自浦北折抵小岭，凿岭

六十五丈以达于岭东古河，浚古河数里以达于龙山运河，以避浮山之险，人皆以为便。奏闻，有恶公成功者，会公罢归，使代者尽力排之，功以不成。公复言：“三吴之水潴为太湖，太湖之水溢为松江以入海，海日两潮，潮浊而江清，潮水尝欲淤塞江路而江水清驶，随辄涤去，海口常通则吴中少水。思昔苏州以东，公私船皆以篙行，无陆挽者；自庆历以来，松江大筑挽路，建长桥以扼塞江路，故今三吴多水。欲凿挽路为十桥，以迅江势。”亦不果用，人皆恨之。公二十年间再莅此州，有德于其人，家有画像，饮食必祝；又作生祠以报。

六年，召入为翰林承旨，复侍迩英。当轴者不乐，风御史攻公。公之自汝移常也，受命于宋，会神考晏驾，哭于宋。而南至扬州，常人为公买田。书至，公喜作诗，有闻好语之句，言者妄谓公闻讳而喜，乞加深谴，然诗刻石有时日，朝廷知言者之妄，皆逐之。公惧，请外补，乃以龙图阁学士守颍。

先是开封诸县多水患，吏不究本末，决其陂泽注之惠民河，河不能胜则陈亦多水；至是又将凿邓艾沟，与颍河并，且凿黄堆，注之于淮，议者多欲从之。公适至，遣吏以水平准之，淮之涨水高于新沟几一丈，若凿黄堆，淮水顾流浸州境，决不可为。朝廷从之。郡有宿贼尹遇等数人，群党惊劫杀变主及捕盗吏兵者非一，朝廷以名捕不获，被杀者噤不敢言。公召汝阴尉李直方，谓之曰：“君能擒此，当力言于朝，乞行优赏；不获，亦以不职奏免君矣。”直方退，缉知群盗所在，分命弓手往捕其党，而躬往捕遇。直方有母年九十，母子泣别而行。手戟刺而获之，然小不应格，推赏不及，公为言于朝，请以年劳改朝散郎阶为直方赏，朝廷不从。其后吏部以公当迁，以符会考，公自谓已许直方，卒不报。

七年，徙扬州发运司。旧主东南漕法，听操舟者私载物货，征商不得留难，故操舟者富厚以官舟为家。补其弊漏而周船夫之乏困，救其所载，率无虞而速达。近岁不忍征商之小失，一切不许，故舟弊人困，多盗所载，以济饥寒，公私皆病。公奏乞复故，朝廷从之。

未越岁，以兵部尚书召还，兼侍读。是岁，亲视南郊，为卤簿使，导驾入大庙，有贵戚以其车从争道，不避仗卫，公于车中劾奏之，明日中，使传命申敕有司，严整仗卫。寻迁礼部，复兼端明殿翰林侍读二学士。高丽遣使请书于朝，朝廷以故事尽许之，公曰："汉东平王请诸子及太史公书，犹不肯予；今高丽所请有甚于此，其可予之乎？"不听。公临事必以正，不能俯仰随俗，乞守郡自效。八年以二学士知定州。

定久不治，军政尤弛，武卫卒骄惰不教，军校蚕食其廪赐，故不敢何问。公取其贪污甚者，配隶远恶，然后缮修营房，禁止饮博，军中衣食稍足，乃部勒以战法，众皆畏服。然诸校多不自安者，有卒史复以赃诉其长，公曰："此事吾自治则可，汝若得告，军中乱矣！"亦决配之，众乃定。会春大阅，军礼久废，将吏不识上下之分。公命举旧典，元帅常服坐帐中，将吏戎服，奔走执事。副总管王光祖自谓老将，耻之，称疾不出。公召书吏作奏将上，光祖震恐而出，讫事，无敢慢者。定人言："自韩魏公去，不见此礼至今矣！"北戎久和，边兵不试，临事有不可用之忧，惟沿边弓箭社兵，与寇为邻，以战射自卫，犹号精锐。故相庞公守边，因其故俗，立队伍将校，出入赏罚缓急可使。岁久法弛，复为保甲所挠，渐不为用。公奏为免保甲，及两税折变科配，长吏以时训劳，不报，议者惜之。

时方例废旧人，公坐为中书舍人，日草责降官制，直书其罪，诬以谤讪，绍圣元年遂以本官知英州，寻复降一官；未至，复以宁远军节度副使安置惠州。公以侍从齿岭南编户，独以少子过自随。瘴疠所侵，蛮蜑所侮，胸中泊然无所蒂芥，人无贤愚皆得其欢心，疾苦者畀之药，殒毙者纳之窾.又率众为二桥，以济病涉者，惠人爱敬之。

居三年，大臣以流窜者为未足也，四年，复以琼州别驾安置昌化。昌化非人所居，食饮不具，药石无有。初僦官屋以庇风雨，有司

犹谓不可，则买地筑室，昌化士人畚土运甓以助之，为屋三间。人不堪其忧，公食芋饮水著书以为乐。时从其父老游，亦无间也。

元符三年，大赦北还。初徙廉再徙永，已乃复朝奉郎，提举成都玉局观，居从其便。公自元祐以来未尝以岁课乞迁，故官止于此。勋上轻车都尉，封武功县开国伯，食邑九百户。将居许，病暑暴下，中止于常。

建中靖国元年六月，请老，以本官致仕，遂以不起。未终旬日，独以诸子侍侧曰："吾生无恶，死必不坠，慎无哭泣。"以怛化问以后事，不答，湛然而逝，时七月丁亥也。公娶王氏，追封通义郡君；继室以其女弟，封同安郡君，亦先公而卒。子三人，长曰迈，雄州防御推官知河间县事；次曰迨、次曰过，皆承务郎。孙男六人：箪、符、箕、籥、筌、筹。明年闰六月癸酉，葬于汝州郏城县钓台乡上瑞里。

公之于文，得之于天。少与辙皆师先君，初好贾谊、陆贽书，论古今治乱，不为空言；既而读庄子，喟然叹息曰："吾昔有见于中，口未能言，今见庄子，得吾心矣！"乃出中庸论，其言微妙，皆古人所未喻。尝谓辙曰："吾视今世学者，独子可与我上下！"其既而谪居于黄，杜门深居，驰骋翰墨，其文一变，如川之方至，而辙瞠然不能及矣。后读释氏书，深悟实相，参之孔老，博辩无碍，浩然不见其涯也。先君晚岁读易，玩其爻象，得其刚柔远近喜怒逆顺之情，以观其词，皆迎刃而解。作易传，未完，疾革，命公述其志，公泣受命，卒以成书，然后千载之微言焕然可知也。复作论语说，时发孔氏之秘。最后居海南，作书传推明上古之绝学，多先儒所未达，既成三书，抚之曰："今世要未能信，后有君子当知我矣。"至其遇事所为诗、骚、铭、记、书、檄、论、撰，率皆过人。有东坡集四十卷、后集二十卷、奏议十五卷、内制十卷、外制三卷。公诗本似李杜，晚喜陶渊明，追和之者几遍，凡四卷。幼而好书，老而不倦，自言不及晋

人，至唐褚薛颜柳仿佛近之。平生笃于孝友，轻财好施。伯父太白早亡，子孙未立，杜氏姑卒未葬。先君没，有遗言。公既除丧，即以礼葬姑；及当可荫补，复以奏伯父之曾孙彭。其于人，见善称之如恐不及，见不善斥之如恐不尽，见义勇于敢为而不顾其后，用此数困于世，然终不以为恨。孔子谓：“伯夷叔齐古之贤人，曰求仁而得仁又何怨！”公实有焉。

铭曰：苏自栾城，西宅于眉，世有潜德，而人莫知。猗与先君，名施四方，公幼师焉，其学以光。出而从君，道直言忠，行险如夷，不谋其躬。英祖擢之，神考试之，亦既知矣，而未克施。晚侍哲皇，进以诗书，谁实间之，一斥而疏。公心如玉，焚而不灰，不变生死，孰为去来。古有微言，众说所蒙，手发其枢，恃此以终。心之所涵，遇物则见，声融金石，光溢云汉。耳目同是，举世毕知，欲造其渊，或眩以疑。绝学不继，如已断弦，百世之后，岂无其贤。我初从公，赖以有知，抚我则兄，诲我则师。皆迁于南，而不同归，天实为之，莫知我哀。